U0691933

跨度小说文库
Kuadu Fiction Series

跨度小说文库
Kuadu Fiction Series

卜伟———

著

一营巷

中国文史出版社

是河流总有涟漪，老巷子流淌故事。

目　录

❖ | 开　头

海州城巷子多。从巷口往里看，与他处也别无二致。一样的沥青马路，一样的伴随四壁土墙灰旧的青砖瓦砾。一旦走进巷子里，立刻就发现不同：乖乖，这里的巷子是一个扯着一个，一个缠着一个。如果海州城是长在苍穹之下的一棵老银杏，那么，这些巷子就是这棵老银杏发散开来盘根错节的枝枝叶叶。

二营巷在众多的巷子中并不出众，如同海滩上的一颗沙砾。来来往往数不清的平常日子，风里雨里，无论巷子安静或是喧闹，都继续着真实的生活。日子如同一条没有波澜的河，平淡而乏味，但总是一直向前，这里断了，那里就会续上。巷子里的家长里短、鸡零狗碎自然进不了正史，连野史都不会记录，但却是万万不可缺失的。再辉煌的时代，如果少了它们，也会显得空洞乏味。

1. 闲人洪大强

包三姑在福音堂门前乒乒乓乓地剁肉馅。墙上新刷了标语，油漆味很浓，直往包三姑的鼻子里钻，熏得她脑袋疼。她瞧着赵千山和洪大强站在刷着"硬道理"三个字的墙下聊天。

洪大强蹬上自行车走了，自行车一路欢奏咯噔咯噔的响声。

包三姑嘟囔着："狗癫风。"

赵千山过来，包三姑和他拉呱。

"那谁，那洪大强是报社的?"

赵千山说："听谁鬼嚼蛆，他哪是报社的，老师，海滨大学中文系的。"

包三姑吐口唾沫，"骑个破车整天瞎逛荡，你看那车，除铃铛不响，其他到处都响。一个老师不好好教书，翻骚研究老巷子，你就把二营巷挖个底朝天，有什么屁用，又不多拿一分钱。再怎么折腾，也成不了'编者按'。"包三姑一直以为报纸上经常出现的"编者按"是个人名，报纸上每期都有"编者按"的文章，包三姑知道唯一的作家就是"编者按"了。

"洪大强老家是二营巷的?"

"哪里是二营巷的，圩下盐场的。"

包三姑说："那可远呢。"

包三姑没去过圩下。二营巷和圩下两个地方直线距离不足五十里，但交通不便，从圩下到二营巷七拐八绕的，也要颠簸大半天。

包三姑说："你说这人和咱二营巷八竿子打不到一起，活渣渣地要和咱二营巷扯到一块儿。我看，就是闲的。"

包三姑又补充一句："老师就是闲，闲得蛋疼。"

包三姑是个直肠子，说话常常跑到思维前面。她忘了和他聊天的赵千山也是个老师。

赵千山听着不高兴，"你说话简直就是机关枪，一扫一大片，老师碍着你什么事了？"然后又文绉绉地说，"子非鱼，安知鱼之乐？"

包三姑瞪他，白眼珠多黑眼珠少，"什么乱七八糟的，我看你才是鱼，是草混子。"

很少有人关心二营巷的故事。坐在城墙边的老人偶然说起巷子的历史，这些陈芝麻烂谷子的谁爱听？洪大强爱听。洪大强在海滨大学教授西方文学史和中国现当代文学。他保存了自己整整十年上课的课表。上课的时间不同，上课的学生不同，但教授的科目完全相同。十年，两本书，书的内容几乎没怎么变动过。因此，洪大强对书上的每个标点都熟。他上课完全可以空手走进教室，不管是书、教案还是教参，洪大强不需要带任何资料。如果就这样两手空空走进课堂，被学校的督导发现，会不容置疑地说："这是教学事故。"洪大强不能理解，娴熟竟然成了事故。不过，想想他就释然了：淹死的不都是会水的。

洪大强上课还是装模作样地拿个包，包里装有书和教案。没人检查时，是不用拿出来的。偶尔，督导会隐藏在最后一排听洪大强上课。听完课，这帮老头儿或是老太都吱五哇六地评价："嗯，娴熟。"或许还会称赞说："老教师就是不一样。"以前，洪大强听到这样的评价非常得意。后来，他觉得这话可以换一种角度理解。十年，即便是一只猴子都会熟练。洪大强有自知之明，从不敢妄自尊大，自己几斤几两心里有数。即便他再熟练，也不可能在这个领域有所建树。

冬天，校园里的梅花开了，馨香扑鼻。洪大强推着自行车一路赏梅。到了凌风阁门口，聚集一群人，每人脖上都挂个相机，形成了一个不规则的圆。艺术系的老张站在圆心，正在叽叽哇哇地指挥着，洪大强和老张住一栋楼。老张爱好摄影，是摄影家协会的理事。

洪大强问："老张，去活动?"

老张说："天池巷要拆了，我组织一些摄影家去拍照片。"

老张又得意地说："知道不，以后我们拍的这些照片就是对一个城市最好的回忆。"

洪大强脱口而出："我也去。"

洪大强回家找相机。他并不擅长摄影，但天池巷有他童年的回忆。回忆这东西不定藏在你身体哪个地方，不知什么时候就会蹦出来触碰你一下。然后，你的心里就会泛起一丝甜蜜或是几缕忧愁……

踏进天池巷，洪大强的思绪就穿越到从前。那时，洪大强五岁，外婆大概六十了吧。外婆带着他去前面民主路馨祥酱园店打酱油。外祖母和酱园店的每个营业员都熟，什么都不用说，营业员就知道她打什么、打多少。有时外祖母把酱油瓶放在柜台，带他到对面的大华商店或者上海布庄。布庄没什么好玩的，除了布还是布。大华商店是两层小楼，以前是一个叫白宝山的土匪的别墅。洪大强从楼上跑到楼下，再从楼下跑到楼上，木制的楼梯被踩得噔噔响。要是没有营业员扯着嗓子骂，这项无聊的游戏要进行很久。

这本是一次普通的随大溜活动，在洪大强人生履历中却是里程碑式的事件。从此，洪大强一发不可收，关注起城市里的每一条老街老巷子。通过一张张影像，继而又研究起老海州的风俗和历史典故。奠定他地方文化研究专家地位的，正是对二营巷的研究。多年以后，他对记者回忆这段往事的时候，首先要致谢的人就是老张。而莫名其妙被感谢的老张却是一脸无辜，还露出与年龄不相符的呆萌。

那时，还勉强算年轻的洪大强常常独自一个人骑着自行车，车把上挂着人造革皮包，包里装着相机，出现在这座城市的犄角旮旯。

每次，洪大强到二营巷时，最兴奋的是大槐。他跟着洪大强的自行车车前车后跑。

第一次见到洪大强，大槐问他："怎么的？"

洪大强回答："我来拍照的。"

大槐又问："怎么的？"

7

洪大强以为他听力有障碍，声音很大："拍照的。"

大槐继续问："怎么的？"

洪大强不回答了，他知道大槐不是听力有问题，有问题的应该是智力。大槐的口水正顺着嘴边往下滴，已经流了一地。洪大强每次只要一拿出相机，大槐立马就坐好，不管是坐在马路牙上，还是一屁股坐在地上，只要看到相机，他都规规矩矩地坐好，眼睛直勾勾地看着镜头。这样描述可能不准确，其实就是不看相机，大槐看人的眼神也是直勾勾的。洪大强的镜头很少对着他，他只对门前的一个石磴或者一扇已经起了包浆的木门感兴趣。

赵千山和洪大强本来不熟悉。每个周日的下午，赵千山都会去华联后面淘书。华联后面是龙尾河，龙尾河边上有几家卖旧书的摊子。后来逛的人多了，摊位也多了，渐渐竟成了气候，形成了一个旧书交易市场。除了旧书，还有卖邮票、铜钱或者是瓷器、书画、玉器什么的。每到周日，龙尾河边黑压压的一片人。头挨着头，屁股挨着屁股。

赵千山常常在那里遇到洪大强。洪大强的眼睛小，但寻书的时候，眼睛却瞪得出奇的大。

见到赵千山，洪大强会说："来了？"

赵千山回答："来了。"

连着巷子的是一座简易的铁桥，两边的栏杆上用红漆喷着：时间就是金钱，效率就是生命。

两人怀里都抱着几本旧书，站在书摊前看看对方都买了什么书，闲聊一会儿。

这时，那个满脸横肉的摊主会撺他俩。

"二位，要插呱我给你俩选个好地方，前面新开了一家饭店叫'鸭子楼'，两位都是文化人，跩那边去。"

摊主边说边瞄那些从摊前经过穿着喇叭裤、屁股被裹得鼓鼓囊囊的年轻姑娘。

赵千山对洪大强说："走，咱们走。"然后望着摊主，"哎，别看了，眼珠子都快掉出来了。"

洪大强说："我那些个学生也穿这个，现在青年什么都敢穿，弄得我上课都不好意思看她们。"

赵千山回到二营巷，包三姑正在骂闺女包小翠。

包小翠借了同学一条喇叭裤，喜滋滋地穿回家。包三姑在院子里劈头盖脸地骂：

"看你个倒头鬼，像什么样子，腚都要露出来了，龌龊，太龌龊了。赶紧脱掉，穿这裤子的都是些碎鬼，都不是正经人。"

赵千山说："现在满街的姑娘都穿这样的裤子，挺好看的。"

包三姑说："好看个屁，好看让你闺女穿。"

赵千山说："你说对了，我们家雯雯在大学也就穿这裤子。"

包三姑说："你属穆桂英的，阵阵少不了你。"

赵千山说："别落后了，都八十年代了，晚上你去公园看看，青年都穿这个在一起跳迪斯科。"

包三姑说："呸，丢人现眼，男男女女搂在一起都不是好东西，迟早被警察逮着，五花大绑送去游街，脖子上还要挂一双旧鞋。"

赵千山不搭理她了，再扯下去，空生一肚子闲气。

春天如约而至。春天，即便是路边的一朵野花，也攒足了劲努力以最美的姿态绽放。洪大强在赵千山的家门口，两人聊起了"开放城市"。"连云港"这个名字频繁出现在各大报纸上。国务院公布了十四个第一批沿海开放城市，连云港位列其中。

洪大强说："你看，我把所有报道开放城市的报纸，不管是《人民日报》还是《连云港报》都收集了，再过十几年，这些都是宝贵的史料。"

海州城的街上第一次出现了馒头一样和炭灰一样的人。据说，他们是来自地球的那一边。我们这边白，他们那里黑；我们这里黑，他们那里白。二营巷里流里流气的青年冲他们招手，嘴里喊着："Hello，hello，你的密西密西？"

海州城的颜色忽然鲜亮起来。街上的红裙子飘了起来，在一堆蓝色灰色中尤为扎眼。各种新鲜玩意儿让人头晕目眩。从南边回来的人都戴着电子表，手里的花格子雨伞能折叠起来，按一下竟又能打开。烫着头，戴着墨镜，穿着花格子衬衫，手里提着录音机在街头游荡的男青年忽然就成了时尚。听惯了《大刀向鬼子头上砍去》《我们走在大路上》这些雄赳赳歌曲的人们，乍一听邓丽君的声音，能酥软到骨头里。有的报纸上说，邓丽君的歌，歌名就不正经，什么《甜蜜蜜》《初吻》《不舍得你走》《给我爱》……情操低下，革命意志丧失殆尽。还引经据典，说孔子当年斥"郑声淫"。郑国的音乐都是歌颂爱情的，最后郑国亡了。报纸上说邓丽君歌曲是"靡靡之音"。

除了靡靡之音，街上的商店终日播放关于爱情的歌，连哪家葬礼传出的音乐都是关于爱情的。除了爱情，故乡的歌也多了起来。不管是"天边飘过故乡的云"，还是西部飘来的"我家住在黄土高坡"，只要和故乡有关，都能成为街头的流行。男女老少即使歌词记得不全，但都会在嘴里哼上几句。爱情、故乡整日弥漫在二营巷中。

只有脱离了家乡，才能有故乡的概念，才成为有故乡的人。离开故乡才知道：人虽然离开了，根却依然还在那里。那里永远是梦境中魂牵梦绕的地方。但二营巷的人大多是不需要怀旧的，他们的根就在二营巷，一直都在，从未离开。他们和包三姑一样，一辈子没有离开二营巷的视线。赵千山倒是离开几年，算起来，前前后后也只有五年的时间。五年的时间不长不短，他刚有了淡淡如烟的思乡感慨，却又迅速地返回二营巷。

赵千山发现街上每个人都神色匆匆，都着急去属于自己的地方。比如，他和洪大强的"那个地方"就是华联后面的龙尾河畔。包三姑的地方是南大市场，每天天不亮就去。那里是早市，各地的菜贩后半夜就到，天亮后就要点着钞票找地方睡觉去。如果去迟了，只能从二道贩子那里批菜，价格就贵很多。李加海的战场是新浦公园，隔三岔五在新浦公园的旱冰场，把头烫得跟鸡窝似的，戴了个蛤蟆镜，又不知从哪里找来件旧风衣披在身上，从后面看，看不出是男是女。溜冰的时候，风衣像一件充了气的气球。看见这个"气球"飘过来，都得赶紧给他让出一条路来。

华联后面的十几家旧书摊，每家摊主都和洪大强熟，他们见到洪大强来却从来没有好脸色。这群人平时没生意时常聚在一起打牌，谁输了就在谁脸上贴纸。打牌最好的佐料就是闲扯。说到洪大强，都一脸的不屑。洪大强这个人抠，大部分时间只看不买，就是买，给的价格也很低，还价还得你血淋淋的。

一说到洪大强，一个摊主撩开满脸的纸条，气急败坏地说："还他妈的大学教师，上次看好我全套的地方志，我十五收来的，要他十八，没多要吧。他拦腰砍一半也就罢了，直接问我两块钱卖不卖？"

另一个摊主说："得了吧，最好他还给你还个价。到我摊上，从来不问价，拿着笔来抄，你说气人不气人。"

其实，也不是洪大强小气，两个孩子都在上学，妻子又从纺织厂下岗。日子就得盘算着过，买大饼从不买带芝麻的，芝麻大饼每块贵一毛钱，买凉粉只买大豌豆的，大豌豆凉粉比绿豆凉粉便宜。洪大强家里上档次的东西就是书了，到处都堆着书。书橱里已经挤满了，一些书就胡乱地堆在沙发上、墙角边、床底下。但尽管这样，洪大强还会去买书。只要看到洪大强往家拿书，妻子的脸就像开水泡过的猪肝一样。

每次去书摊抄书，洪大强要赔着笑脸说不少好话。他心大，只要能给他抄书，多少冷嘲热讽他都受得了。多大事，被人说几句，也不掉块肉。国学书店的曹老板对洪大强态度不错，每次不仅给他抄书，还会把书借给他。

是赵千山介绍洪大强和曹老板认识的。

曹老板退休前是银行的柜员，按他自己的话说，一辈子就是一台人肉点钞机。曹老板喜欢书也喜欢画画，与赵千山有共同语言。曹老板是退休后才开始照着画谱学画，没门没派，纯属依葫芦画瓢。在国学书店，赵千山会涂上几笔给他做示范。曹老板站在一旁竖着大拇指对他说："高手就是高手，豁然开朗，豁然开朗。"

也就是因为国学书店，洪大强打开了二营巷尘封的历史。

那个初春的雨天，海州城梅花零零星星地开着。即使没开的，也都鼓鼓囊囊攒着劲。洪大强觉得雨天里有一种特有的味道，那味道细腻得很，像从一个小孔里钻出来，然后四散开来，悠远绵长。在国学书店的橱顶上，洪大强淘到两件宝贝：一本没有封面用牛皮纸包着的《盐河志》和一张泛黄老照片。

大学里每年都要求老师写一些胡诌八扯的论文和进行鬼嚼蛆的课题研究。洪大强从来不写这些玩意儿。但洪大强也搞研究，而且就是用搞科研的那套技术方法，打开了二营巷那段尘封的历史。

《盐河志》上记载了关于四敦和沙光鱼。四敦是盐区圩下人，也是盐河口走出的唯一一位将军。《盐河志》记载四敦将军的内容不多，仅有十几行字，主要是介绍四敦将军指挥过哪些战役。洪大强通过查阅大量文献，还原了四敦将军是如何参加革命的，竟和沙光鱼与二营巷有关。

2. 洪大强的研究

1939 年农历的九月初八，极平常的一个黄昏。

和往常一样，渔民四敦"噢……嗨……"唱着渔家号子，撑着长篙在盐河里撒网，陶醉在自己粗犷的嗓音中。那声声号子荡气回肠："搭绳喽，抢一抢呀，就见了网呀，一网金哪，二网银哪，三网拉个聚宝盆哪，网网都逮大鱼群哪！"那声音高亢，悠长，婉转。落日的余晖映染着圮废的土墙，将灰色的寂寞糅成血红。谁家的炊烟映着落日的余晖袅袅上升慢慢扩散，丝丝缕缕地飘向深远的天空，与云融合在一起。狗也在欢快地叫着。宽阔的水面波光潋滟，远处群山像披了一层雾，若隐若现。

四敦家几代都在盐河边居住，从来没离开过盐河。盐河大呢，这条河西承淮河沂河共同的分支三岔河，东经响水口、陈家港、燕尾港入黄海。入海口被叫作"灌河口"，传说是二郎神的地界。这里的河面宽阔，河水海潮顶撞交汇，波涛汹涌，跌水轰鸣之声，势如惊雷，声震数里之外；盐河美呢，河道里高大的芦苇，如同雪浪般，蓬蓬勃勃，一望无际。盐河就是一幅展开的图画，四敦撑着一片白帆行走在画里，就像河里的一株芦苇，蓬蓬勃勃，不枯，不谢。

四敦从小就会唱：老渔翁，一钓竿。靠山崖，傍水湾。扁舟

14

来往无牵绊，沙鸥点点清波远。荻港萧萧白昼寒，高歌一曲斜阳晚。一霎时波摇金影，猛抬头月上东山。四敦不知道还有什么比在盐河里捕鱼更开心的事。

但，自从小鬼子来到盐河后，四敦就没了开心的时候。

盐河里特有的鱼叫"推浪鱼"。这推浪鱼难伺候得很，既不能承受南方之炎热高温，又不能忍耐北方之严寒霜冻，盐河口地处南北交界，因此适中的气候和独特的地理环境，使推浪鱼成为盐河特有鱼种。每至秋凉，从麦黄时开始捕推浪鱼，一直到入冬。推浪鱼肉细微，味鲜美，肉质色白细腻，嫩而富有弹性，做成汤菜浓而不腻人。盐河两岸的人都会说这样一句顺口溜：十月推浪赛羊汤。吃过盐河里的推浪鱼，再吃什么都觉得不鲜。

推浪鱼的个头都小，能捕上一尺多长的，就算稀奇的了。四敦是钓推浪鱼的高手。家里来亲戚，没有肉，待客最好的便是推浪鱼了。爷爷朝盐河边大喊一声"四敦，快钓鱼哦，大舅爹来了"，四敦便收拾了自制的钓具，就是一根线、一个大大的铁圈。鱼竿就是一根三米多长的竹竿，还是两头差不多一样粗的那种，没有细梢的。然后像串珠子一样，把沙蚕从头到尾穿在尼龙线上，像这样大概穿上十条左右的沙蚕就可以了，然后头尾相连，像一个沙蚕手链。来去一袋烟工夫，就有了一盘待客的好菜。

现在，盐河里的推浪鱼连手指长的都很难捕到。

日本驻扎在盐河口的鬼子头叫鸟尾，是个少佐，这鸟尾自从吃了推浪鱼后，天上飞的、地上跑的都勾不起他的食欲，顿顿都要吃推浪鱼。盐河里的推浪鱼都快被他吃尽了。

为鸟尾送鱼的事都是保长李西来操办的。李西来不许其他人捕推浪鱼，私捕推浪鱼不上交，被发现可不得了。那次，四敦捕了几条推浪鱼，四敦娘把鱼烧好后，李家的狗腿子顺着香味就找来了，二话不说，把锅砸了。四敦举着铁锹冲了上去。李家人多，四敦被打得几天不能下床，四敦娘头上也被砸了个血窟窿。

铁匠根叔的几个儿子连续几个夜里都去铁路桥，将铁轨接头的夹板拆掉，将铁轨搬动错开。鬼子的一辆蒸汽装甲车从这里经过，车头连着车厢一起翻落桥下，一时间火光冲天，爆炸发出震耳欲聋的响声，还有鬼子鬼哭狼嚎的喊叫声。

鸟尾派了上百个鬼子来"清剿"，几条汉子藏到了满是芦苇的大河里，鬼子找了几次都没找到。根叔也被乡亲们藏了起来。要是没有李西来这些汉奸，小鬼子在中国就是瞎子。四敦打心眼里佩服挖桥的汉子，瞧不起狗一样的李西来。但他认为小老百姓活着就行，惹不起就躲，远远地看见日本人来了，赶紧找个地方躲起来。

但，躲是躲不过去的。

四月初八是白虎山庙会的日子。以前庙会上是人头挨着人头，屁股贴着屁股。自从鬼子来以后，庙会冷冷清清的。来赶会的，也是个个苦着个脸。四敦看着一群孩子在摇糖球。卖糖球的手里有五根签，抽到最大签的，就可以拿走一串糖球。卖糖球的嘴里振振有词："一号签，一新屋，瓦岗滴水程咬金；二号签，一对鹅，姜太公钓鱼渭水河；三号签，三月三，桃花杏花开满山……"两个扛着刺刀瘦得跟筷子似的鬼子，拿了糖球就走。卖

16

糖球的小声骂了一句，鬼子上去就是一枪，那个卖糖球的一声不响倒在了血泊里。几个孩子吓得哇哇大哭，鬼子一刺刀将哭得最凶的那个孩子挑了起来。

四敦腿和手都哆嗦起来，这是他第一次看到鬼子杀人。从那个时候，四敦明白了：中国人要是再不反抗，就像盐河里的推浪鱼一样，都得被杀光。四敦还简单算了笔账，鬼子的武器虽然厉害，只要中国人抱成团打鬼子，吐口唾沫就能把他们淹死。

一网下去，都是些小鱼。四敦家渔网的网眼都比别人家的大些，这网是爷爷留下的，这样可以把小鱼放走。一网鱼放走了大半。这是四敦家的规矩，小鱼不捕，大鱼也不能捕，四敦明白小鱼不捕的道理。爷爷告诉他，盐河里的大鱼都是有灵性的，也不能捕。

四敦准备再撒第二网。忽然传来一个不男不女的声音，好像要把肠子扯断一样，"过大鱼了……"那嗓子劈裂得不成样子。颤动的音波里充斥着极端的新奇，混合着尖锐的恐惧。

四敦的小渔船剧烈地晃动起来。一眼看不到头的大鱼，有几百条，个个张着嘴跳出水面，向西秩序井然地行进着。四敦眼珠子都快瞪出了眼眶。李西来家的几条船同时在涌起的鱼浪里倾覆，长满青苔的船底显得分外刺目。

李西来家的船上有"贵客"。今天，李西来为了在乡亲面前显示与日本人的关系，专门在家里设宴请鸟尾。鸟尾非要来船上看风景，刚上船就遇到了百年不遇的"过大鱼"。两个日本兵眨眼间就掉到了河里，连声音都没来得及发出，就在一片雪白的浪花里消失了踪影。

四敦听老人们讲过盐河里"过大鱼"的事，说是每隔几年盐河里的大鱼，俗称"大老爷"，都要到灌河口的龙王庙来参拜龙王。它们到了龙王庙之后，好像听到了什么号令，如同兵阵撤退，向大海深处洄游。

眼看着这些大鱼就要到四敦的船边了，四敦想起老辈们教的方法，一下子跪在船头，把刚刚捕的那些鱼扔到河里。岸上已经齐刷刷地跪了一群人，一挂鞭炮也在河面上炸响了，青蓝色的烟雾弥漫翻滚。

奇迹出现了，四敦本来已经倾斜不堪的船慢慢地复归了正常。大鱼从四敦船边迤逦而上。惊魂未定的四敦赶紧靠船上岸。

鸟尾拿着枪对着鱼阵"砰砰砰"地乱射。有人喊："不能开枪，要遭报应的呀！"

"啪！"一颗子弹从四敦的耳边擦过。岸上人越聚越多，向鬼子这边涌来，不让鬼子向大鱼开枪，领头的是根叔。岸上的小鬼子拿着刺刀对人群叽里哇啦地叫着。忽然，几只大鱼像有翅膀一样，飞到了空中，划出一道银白色弧线，活生生地把站在河边的三个鬼子拖下水去，不一会儿河面上漂起了一堆白骨。再看大鱼，一条条巨大的青黑的鱼背鱼鳍暴露在水面上，数条一列，列列头尾相衔，如同威武的兵阵。

小鬼子看呆了。李西来对鸟尾说，把炸药掺进猪头里，扔到河里让大鱼吃，毒死它们。根叔指着李西来的鼻子骂道："李西来，你这个吃屎长的下三烂，你不得好死。"根叔的话没说完，小鬼子的刺刀就刺过来了。根叔的血把岸边的沙子都染红了。人群朝李西来涌来，四敦朝李西来的左眼狠狠捣了一拳，李西来的左眼立马就像熊猫一样。几个小鬼子举起刺刀就向四敦冲来，四敦跳进了河里，成了鱼阵里的一员。

掺了炸药的二十几个猪头端来了，鬼子把它们扔进了河里。四敦对大鱼喊道："有毒，不能吃。"大鱼好像听懂了他的话，根本不靠近那些猪头。"哗——"鱼阵朝岸上吐出巨大的水柱，有好几人高，再看李西来，脑浆子都出来了。小鬼子们吓得四处乱窜。

这是 1939 年 10 月的一天，这一天在四敦的记忆里极不平常。从这天起，四敦参加了游击队，是盐河口走出的唯一一位将军。后来，盐河口的人把推浪鱼的名字改叫了"杀光鱼"，就是让人记住小鬼子在中国犯下的滔天罪行，弹丸之地的小鬼子妄想杀光我泱泱中华儿女，简直是痴人说梦。时间长了，"杀光鱼"被叫成了"沙光鱼"，成了海州地区一道舌尖上的美食。

盐河鱼阵杀小鬼子的这件惊心动魄的事，记载在《盐河志》里。《盐河志》里还记载四敦带着部队来过海州城，娶了海州城的蒋翠屏为妻。四敦将军娶蒋翠屏时，是新四军二营的营长，二营巷名称是否和四敦将军有关？

洪大强把他的发现写成论文，花了版面费刊登在学报上。洪大强专门送给赵千山一本。蒋翠屏是海州城书画协会主席蒋云方的小姑奶，赵千山专门询问蒋云方这件事。蒋云方说："洪大强是鬼嚼蛆，他小姑父是来过这里，但时间很短，前前后后没两个月的时间。小姑奶早早就参加革命，他们是在部队认识的，是革命伴侣。而且，他俩没认识之前，这巷子就叫二营巷了。"

确实曾经有一支部队驻扎在这里，是当年清朝水师二营，还是土匪白宝山的二营，或是其他什么部队的二营，蒋云方就说不清楚了。

第一章 ｜ 镇远楼与过寒菜

镇远楼是海州古城的地标，如同北京的前门、西安的大雁塔一样。两千多年历史的老海州，素有"东海名郡""淮海东来第一城"的美称。海州城以镇远楼为圆心铺枝散叶般发散开来。镇远楼的老城墙是明代的建筑，这城门和城墙都是用一块块高两米、长十几米的巨大砖石垒起来的，千百年间历尽风霜依然坚固如初。明朝海州知州王同所立《重修钟鼓楼台记碑》，至今保存完好。

　　过寒菜是海州城特有的一种菜。说来奇怪，过寒菜只在海州这一方水土生长，出了海州就无法生长。海州的过寒菜还分城里和城外两种，海州城里的过寒菜长有花边，叫花叶过寒菜，食之辛辣中略带清香味，烧出来汤白汁鲜，营养丰富；海州城外的过寒菜不长花边，汤汁黑，口味也次。最正宗的过寒菜生长在镇远楼边上那段废弃的古城墙上。这里生长的过寒菜叶大，茎短，根白且粗。

二营巷就稀松平常地站在海州古城镇远楼的对面。从秦东门大街瞧这条窄窄长长的巷子，并不出众。巷子里来来往往的人或许不止一次地和我们擦肩而过，却没有留下丝毫的印象，像一块鹅卵石被扔进了海里一样。二营巷的土著们，大多几代都在巷子里生活，从牙牙学语到两鬓斑白，小巷见证了他们的历史。每个普通人的历史，即便如沙砾一样不起眼的人生，小巷也见证了他们的喜怒哀乐，见证了平静如水的每一次涟漪。

／ 包三姑的秋天

包三姑大名叫包莹莹，二营巷大人小孩都喊她包三姑，时间长了，包莹莹这个名字连她自己都模糊了。一次巷子里选举区人大代表，工作人员问："哎，你签名怎么签包三姑？要签自己的真实姓名。"包三姑一拍脑袋，她已经习惯地以为包三姑就是她自己的名字。其实叫包莹莹或者包三姑什么的，都不太重要，普通人的名字不过就是一个符号而已，谁会在意她叫包莹莹还是包三姑呢？六十岁之前，包三姑好像被一双大手牢牢地抓住，没去过以镇远楼为中心半径五十里外的地方。

包三姑出生在二营巷的"福音堂"。福音堂是 1902 年美国牧师明乐林、戈锐义所建的教堂。三层小楼，建筑有些中西合璧的感觉。最多的时候这里住着十几户人家，现在仅有三户人家。大门上的油漆已经脱落殆尽，门楣上"福音堂"三字已经很难辨认。包三姑在院子里叮叮当当地剁肉、和馅、包包子。当有陌生人走进院子，她会漫不经心地看你一眼。心情好时会对你说："看吧，看吧，这房子一百多年啰。"说完，继续剁肉、和馅、包包子。

每天下午包三姑都在镇远楼旁边的那棵大松树下卖包子。如果你在二营巷迷路了，赶紧找人问问包三姑的包子在哪里卖。对方会拉着你一路小跑，边跑嘴里还嘟囔着："赶紧呀，迟一迟就卖光了。"二营巷的人回答外人问路，也是以包子摊为坐标——在包子摊左边，在包子摊北边。

包三姑的包子馅多而且有筋道，尤其是过寒菜包子一出摊就迅速告罄。她每天包的包子不够卖。镇远楼，落日余晖，排队买包子，成了海州城黄昏一幅优美的画卷。

包三姑包子里的过寒菜是古城墙上那巴掌大地方生长的。她的过寒菜包子有荤素两种。荤的是过寒菜拌猪肉馅，素的是用过寒菜拌虾皮、鸡蛋。过寒菜包子入口绵鲜微辣，苦中带甘，菜香飘溢，让人口齿留香。

每天包三姑出摊时，落日的余晖就会从松树的缝隙里透过，将一片片金黄洒下。松树长在一截已经坍塌的土墙里，让人产生幻觉，是土墙上的树，还是树上的土墙？

包三姑是家里唯一的女孩，上面有两个哥哥。包三姑小时候肉乎乎，白白净净，谁见了都忍不住亲一口。大约五岁的时候，有一天，她从二楼摔了下来，口吐白沫。包大奶抱着她，一路飞奔到卫生院。卫生院的医生摇头，说赶紧送大医院，晚了就来不及了。一家人鬼急忙慌地把包三姑送到中医院，一位姓周的老医生替她号了号脉，几针就把她扎醒了，醒了就撕心裂肺地大哭。

周医生把包大奶叫到一边，悄声对她说："孩子身体没有大碍，但头摔了一下。"

包大奶问："会不会缺心眼？"

周医生摇头："那倒不至于，只怕以后上学会跟不上。"

包大奶松了一口气："那没事，那没事，不傻就行。"

小学二年级时，包三姑像面被发起来一样，越长越胖。包大奶控制她的饮食，根本没用，喝水都胖。包大奶总结：要怪就怪你倒霉的姓，姓什么包，难怪你越长越像个包子。

包三姑的爹是个木匠，能把木头变成艺术品的木匠，他做的家具手摸上去像丝绸一样光滑。海州城的蒋宅是重点文物保护单位，大门是红色的，红色的门楣上还雕着花卉，那花卉就出自包三姑木匠老爹的手艺。走近仔细瞧，门楣上的那些花卉是那种夺人眼球的别致。

包三姑对父亲一点儿印象都没有，即使蛛丝般细小的也没有。包三姑记事时对父亲的印象就是母亲一遍一遍恶毒的诅咒。包大奶骂街堪称是专业水平，她嘴上好像有个开关，谁如果不小心触碰到它，那些不堪入耳的语言就像一架永远装满子弹的机枪一样发射过来。如果以前这个专业能有职称，包大奶当之无愧地属于正高级，给她一级教授或者国家一级演员都不为过。

包大奶除了骂包木匠，经常叫阵的就是对面的李家。每逢这时，李家灰头土脸的无人敢出来应战。后来，李加海上了初中，听到包大奶恶毒的诅咒会举着个擀面杖冲到门口，包大奶小脚倒退好几步，自己差点儿把自己绊倒。李顺夫妇追到门口，死死地抱着儿子。包大奶放心了，依旧开骂，比刚刚声音还大，响彻整个二营巷。包大奶骂街，就像酒鬼发泄一样，骂完了，心里就舒坦了。

包三姑虽然学习不行，但手巧，学包包子、包花卷、包馄饨什么的一看就会。赵千山的父亲赵奎和包大奶聊天——

"谁娶了你家的莹莹，也是有福气。"包大奶脸上挂着笑容，嘴里却说："手巧有什么用，长得不俊，学习跟一团糨糊似的。"

赵奎想笑，不俊，这词用得实在高明。但赵奎嘴上却说："人哪有十全十美的，长得跟花一样的闺女什么活都不能干。我侄儿，就是上次来我家那个，你也见过的。娶了个上海的大家闺秀，等于给自己找了个姑老太。做饭洗衣拖地一概不干，连裤头都是我侄儿洗。还是老话说得好，家有丑妻是个宝。"

包大奶乜斜着眼望着赵奎，嘴里"哼"一声，一口痰啐到了墙上，不再搭理赵奎。赵奎知道包大奶这是给他面子呢，自己说错话了。包大奶可以数落包三姑种种不是，外人说不行，一句也不行。

包莹莹除了手巧，其他都不灵光。学骑自行车，学了大半年，骑是能骑了，但不会上车下车。上车下车都要人扶着。如果中途遇到红灯什么的，那只能推着自行车去学校。因此，经常迟到。老师说，她早一会儿，迟一会儿，不影响什么。

包莹莹累累巴巴读完初中，去了国营饭店美味斋包包子。美味斋是海州城历史最悠久的饭店，说是饭店，其实主要就卖包子馄饨之类。后厨有个青年小蔡也会为客人炒几个菜，就四样，多一个没有。一个西红柿炒蛋，一个土豆丝，一个麻婆豆腐，最金贵的就是豆角烧肉。会计李芳就称小蔡叫"蔡四样"。包莹莹包包子又快又好看，每包一百个包子，她就记一下。一天下来，数量也是惊人的。李会计称包莹莹叫"包子王"。李会计比包莹莹大两岁，包莹莹比小蔡大三岁，美味斋就数这三人年轻，三人没事就在一起插呱。要是没有外人，小蔡还能偷偷给她们炒一碟西红柿炒蛋，包莹莹会去笼屉里拿几只包子，三个人边吃边聊。吃包子还吃菜，这是包莹莹最奢侈的吃法。买包子的人有时会问包莹莹："孩子多大?"包莹莹对他们没好脸色。她只是看着有点儿显老，其实，那时她还不到二十岁。

包莹莹在美味斋一干就是十五年。后来，美味斋改制卖给了个人，以前的经理变成了老板。包莹莹还是干老本行。包莹莹不懂什么叫改制，但不管为集体干还是为个人干，只要有活干，她就没意见。对她唯一的影响是：人们不再喊她小包，都喊她包三姑，连老板也这样称呼她。当年有一部很火的港台剧，里面的一个叫三姑的配角和包莹莹长得不仅形似，连动作都如出一辙。好在电视剧里的三姑不是坏人，还算正面人物。包莹莹在家里排行老三，大家就喊她"包三姑"。

老板经常批评包三姑："包三姑，你肉馅放得太多了，放这么多馅子我要赔死的。"于是，包子里的肉馅越放越少，买包子的人也越来越少，顾客都说这包子不叫包子，叫"面团"，还不如去买块大饼实在。再后来，包莹莹、李芳和小蔡拿了不到一万块钱买断工龄的补偿金，离开了美味斋。各自忙于生计，很多年没联系。

包三姑的丈夫姓段，是个老实的钳工，一天也不说一句话。包大奶一眼就相中了这小伙，招了上门女婿。此时，和包三姑年龄相仿的人，孩子都能打酱油了。包三姑看着老段身体还算强壮，就答应下来，直接略去恋爱的过程。反正过日子嘛，跟谁过不是过。

谁心里不藏着自己喜欢的人？包三姑喜欢赵万水，赵万水是赵千山的大哥。赵万水不仅会打排球还会拉手风琴。尽管包三姑和他拢共也没说过二十句话，但包三姑只要看见他，心里就会无比的晴朗。

记得有一个晚秋，海州城飘起了小雪花。包三姑看见赵万水骑车过来，她在心里祈祷：希望赵万水能骑车带她一段。但，赵万水经过她身边的时候，只是礼貌地点点头。

包三姑清楚地记得，赵万水是秋天走的。赵万水走的那天，她晚饭没吃，太阳没落山就躺在床上。包大奶以为她感冒了。包三姑憋着声音哭了一夜。第二天早上，枕巾像洗过一样。

包三姑重要的人生轨迹几乎都发生在秋天。

结婚是在秋天。丈夫老段，那个八竿子也打不出一个屁的男人，老实得有些窝囊。一年后的秋天，同胞胎兄妹包小军、包小翠出生。包大奶说："两个孩子姓包吧。"包三姑想：老段应该会说，一个姓包，一个姓段。但老段却说："中。"

包大奶去世也是在一个秋天。段二爷帮忙料理完包大奶的丧事，包三姑发现海州城银杏树的叶子都黄了。一把把小伞般的叶子和落日的余晖交织在一起，包三姑的眼睛被一片金黄所弥漫。那一地的金黄，像是一种气体在身体里飘荡，包三姑觉得心里空荡荡的，有些不做主。

老城墙边的护城河，有一座几块铁皮搭成的简易桥。铁皮桥上出现两个大窟窿，人走在上面战战兢兢的。秋天快结束的时候，街道主任就让老段帮忙修一下。老段好像没有不会修的东西，而且做事极其细致。

老段在桥上刚刚掏出扳手，李加海一手骑自行车一手叼着香烟过来。自行车碰到老段的扳手，扳手掉河里了。老段刚刚评上八级工，扳手是今日新发的。鬼使神差，老段就下河去捞，捞着捞着，人就不见了。

老段的丧事还是段二爷张罗的，俩人是远亲。虽是远亲，又没出五服。段二爷一进门就哭："你个倒头鬼呀，窝囊一辈子，就这样走了。你一蹬脚舒服了，留下这两娃咋办呀？好人不长寿，祸害遗千年呀。你才四十，怎么说走就走了。"

段二爷哭，众人跟着哭，包三姑却没哭。众人就劝："三姑呀，你心里难受，哭出来就好了。"包三姑傻愣愣地坐在那里不说话，面无表情。

等众人都走了，包三姑忽然号啕大哭。"你个死鬼，都说你老实，你才是个坏种啊，你让我以后怎么办呀？"

包三姑的这段历史只有上了年纪的人才有印象，即使有印象也很少有人提，谁会关心一个卖包子的陈年往事。

包小军上学继承了包三姑的遗传，包小翠的成绩却是出奇的优秀。上了高中，包小军几门功课的分数加起来还不如妹妹的数学成绩。包小翠脸雪白雪白，虽然身材像包三姑，大粗胳膊大粗腿，但五官精致，双眼皮大眼睛，一笑俩酒窝，而且模样耐看，越看越好看。

一向学习优异的包小翠高三那年失踪了，是一个初秋的晚上，孔望山上的柿子还泛着青。夜里，一些秋虫的鸣叫显得十分聒噪。包三姑半夜被吵醒，有些心烦意乱。她躺在床上对隔壁房间喊："小翠，早点儿睡，明日再看吧。"这时，小翠会回答："妈，我再看会儿，你先睡吧。"那晚，包三姑喊了半天，隔壁没有动静，包三姑起身，包小翠书本和书包都在，被子叠得整整齐齐的，可是人却不见了。包三姑以为她去了厕所，等了半天也没见人回来，赶忙打着手电去巷口的厕所去找。厕所里黑洞洞的，一个人都没有。包三姑慌了，连忙喊人。整个二营巷都能听见包三姑毛骨悚然的喊声。邻居们帮忙找了一夜，什么都没发现。第二天一早，警察也来了，查了俩月，没有头绪。一个大活人就这样不明不白地消失了。

包小翠失踪后，李加海也不见了。

2 李加海的冬天

李加海是海州城的土工。海州城把专门负责丧事的人叫"土工"。这很形象。就像电工管电，木工和木头打交道一样，做这行生意的一定和"土"有着千丝万缕的联系，人死后讲究入土为安。李加海周岁时"抓周"，笔、墨、纸、砚、算盘、钱币、书籍统统不要，等扒开他小手一看，手里紧紧攥着的是不知从哪里抓来的一块烂泥。

初中毕业后，李加海上了一年职高就不上了。李加海在职高不到一个月，就成了学校里的带头大哥。一天，他走在校园里，随手把一朵玉兰花薅下来。

"你是哪个班的，为什么要随便采花?"过来一个谢顶的老头儿训他。

"多管闲事多吃屁。"李加海瞪着老头儿。

"说，你是哪个班的，一点儿家教都没有。"老头儿用食指指着他。李加海像老鹰抓小鸡一样，一把抓起老头儿。

老头儿是学校的校长。李顺接到班主任的电话，急匆匆地跑到学校，痛哭流涕求校长给李加海一个机会，态度非常诚恳和真挚。校长被李顺打动，让李加海写个检讨，在班级做个保证就可以继续上课。但李加海却坚决不写保证书，冲进校长室把李顺拉了出来，从此离开了学校。

赵千山曾是李加海的语文老师。一次，赵老师摇头晃脑地对一帮打盹的学生讲对联的平仄，讲到得意地方，自己兴奋了。

"中国的对联真是精妙呀，比如这副上联是：人生几何，下联是：恋爱三角。妙，实在是妙。"

有个学生接话："妙，三角恋爱就是妙。"

哄堂大笑。

赵千山摇头，"朽木不可雕也。"

"李加海你来对个对联，上联是：出水芙蓉。"

李加海正在打瞌睡，嘴边还沾着几滴口水，懵懵懂懂地被赵千山叫了起来。

"你说，出水芙蓉应该对什么下联，不许说不会。"

李加海随口答："入土为安。"

多年以后，赵千山每每回忆起这个场景，总是幽幽地叹了口气说："这可能是冥冥中注定李加海一生的追求。"

李加海的爹李顺对儿子最大的愿望就是能当个卡车司机，从小就教儿子唱："我是汽车小司机，我为祖国运输忙。"李顺是杀猪的。邻居喊李顺叫"小刀手"。杀猪这行当按职业来说，官称应该叫"屠夫"，老海州却把杀猪称作"小刀手"，大概是杀猪时使用的工具器械小的缘故。李顺家一年到头不缺肉吃，李加海被养得白白胖胖。一次，李加海亲眼看见他爹杀猪，那猪被几个壮汉捆住四脚按在案板上，凄惨地哀嚎着。忽然那猪猛踢了一脚，把按着他的一个人踹老远，半天没爬起来。其他小孩被吓得哇哇哭，李加海却开心地哈哈笑。

李顺出场了，他手里那柄短刀刀口是弧形的，拿在手里明晃晃的。他瞥了一眼猪，朝着猪脖子一刀下去，顺势又绞几下，猪血就喷了出来。有人用盆站在旁边接着，浑身被滋得血淋淋的。放完血后，猪凄惨的叫声停止了。李顺用小刀在猪后腿的皮上割开一个小口，用一根长撑杆捅进猪身，张开血盆大口从猪身上割开的小口往里面吹气，猪被吹得鼓鼓囊囊，李加海看到那猪一个劲地在翻白眼，场面骇人。帮工端上来一桶刚刚烧好的滚烫的开水，从猪头浇下。李顺先把猪毛和猪耳里的污渍去掉，把猪整得白白净净的，然后把猪开膛破肚分离出骨肉。

这是有记忆的李加海第一次看李顺杀猪，时年六岁。和其他捂着眼睛胆战心惊的同龄人不同，整个过程，他兴奋得手舞足蹈。

少年时期的李加海是不折不扣的"问题少年"。如果用一个关键词来形容那时的李加海，那就是：流氓。每当有人来家里告状，李顺不问缘由，脱下脚上的鞋子朝李加海砸去。然后光脚去追李加海，逮到就一顿死打。打得最厉害的一次是居委会负责治安的老蒋把李加海带到他面前，说李加海和几个小流氓爬到树上偷看古城中学女生上厕所，被人发现。因李加海没满十四周岁，街道带回看管教育。

李加海呸了老蒋一口说："我只是跟着他们爬树，我没看人尿尿，是他们看的。"李顺抄起手中的扳子扔过去，砸到了李加海的头上，血立刻就流了下来。

李顺骂："小泡子你还嘴硬。你他妈的迟早被抓去坐牢，看我今天不打死你，就当没养你个畜生。"李顺上去就往死里揍，李加海趴在床上一个星期都不能下床。

以前的二营巷，经常看到杀猪的李顺追着一路狂奔的李加海，李加海的母亲则在后面追他的父亲，上演着螳螂捕蝉黄雀在后的生动场景。初中毕业的李加海再遇到父亲教训时，已经不跑了。脖子挺得直直的，嘴里喊："你打，你打，有本事打死我。"

到了职高，李加海谁都不怕，就怕赵千山。赵千山经常劈头盖脸一顿训。李加海都是乖乖地低头，不敢吱声。小学开始，李顺经常不给李加海吃饭。李加海会跑到赵千山的院子，就蹲在院子里的那棵银杏树下，像一只流浪的野猫。在厨房做饭的赵千山，早就瞄着鬼鬼祟祟走进院子的李加海。什么都不用问，一定又是被家里赶出来了。赵家开饭时，赵千山会向外面招招手，李加海就从树下一跃而起，迅速跑进去吃饭，一点儿都不拘束。

李加海怕赵千山还有个原因。这个缘由，除了李加海没人知道。李加海喜欢赵千山的大闺女赵雯，赵雯比李加海大五岁。有一年，还是小学生的李加海去春游，吃午饭时他一个人离开班级，去海滨公园的松树林里。同学们有带饼干的，有带面包的，即便没有饼干和面包，也带个鸡蛋什么的。李顺怕他闯祸，不让他去春游。李加海抓起桌上的一块大饼就冲了出去。李加海要面子，不想在同学们面前啃大饼，于是一个人悄悄进了松林。松林里，有两个初中生模样的在抽烟。看到李加海，一个喊："过来，把包里的好吃的拿出来。"李加海乜斜着望着他俩。另一个上去给了李加海一巴掌，顺手就把李加海的书包薅过来，翻出里面的大饼。

35

"妈的，穷鬼。"大饼被扔到了地上，抢他大饼的那个脱了裤子在饼上尿尿。李加海急了，捡起一块石头砸过去。"砰"一声，那青年脑袋上立刻就出现了个窟窿，血顺着脑袋往下流。李加海一脚把他踹倒在那泡尿上。另一个青年冲上去狠狠地抓住了李加海。

"干什么的?"一群高中生跑过来，赵雯就在这群学生中。那两人兔子一样跑了。赵雯过去扶起李加海，还用手帕给李加海洗脸，又把一盒钙奶饼干塞到了李加海的手里。

包大奶经常在巷口哼哼《天仙配》。每次包大奶哼哼到"你我好比鸳鸯鸟，比翼双飞在人间"，那沙哑的声音把好听的旋律折腾得支离破碎的，鬼哭狼嚎一般。包大奶是个小脚，又矮又瘦，像极了《西游记》里的压龙大仙。李加海看了几十遍的电视连续剧《西游记》。每次看到拿着幌金绳刚出场就被猴子一棒子打死的压龙大仙，李加海就止不住地咯咯笑。仿佛被猴子一棒子打死的不是压龙大仙，而是疯狂诅咒他们家的包大奶。

仙女长什么样，李加海没见过，赵雯在李加海心里就是仙女。李加海上初二时，赵雯考上师范学院。初二那年暑假，一个大中午，整个二营巷都笼罩在蝉声中，蝉声让人昏昏欲睡。李顺没闲着，满街追着李加海打，二营巷已经习惯了父子俩追逐的游戏。等跑到赵千山家门口，李顺已经被李加海甩在另一个巷子。李加海累了，不想跑了。赵千山家大门紧闭，李加海从墙头翻了进去。银杏树下有个藤椅，平时都是赵千山躺在那里，但今天躺在那里的却是赵雯。她已经睡着了，脸红扑扑的，额头上还有汗珠。然后，李加海就看到了赵雯胸脯鼓鼓的，那鼓鼓的胸脯像两座对称的山峰，随着她的呼吸，那对山峰也跟着颤动。李加海忽然觉得自己不能控制自己，有尿涌出……

辍学后的李加海，整天跟着一帮小痞子打架斗殴。李加海看人的眼神恶狠狠的，一看就是个狠茬儿。他通常的武器是一把链子锁，不管对手强弱，抡着链子锁就冲上去。如果吃亏了，下次他就找辆自行车，通常是二八大杠那种，远远地看到目标之后，骑车冲上去，左手扶把，右手拿锁，上去就一下，然后一路狂颠。

李加海经常去的地方就是新浦公园里的溜冰场。他留着长发，满脸的青春痘在阳光下熠熠生辉，一看就知道是养料充足，精力旺盛。他手臂上还文了一只醒目的图案——狼。溜冰的时候，其他人都退后给他腾出位置。他速度极快，要是被他碰到了，不被磕掉一颗牙才怪。

不到二十岁的李加海就成了海州城有名的大哥。只要有什么乱事，找到他，一准没错。李加海的战场不是溜冰场就是锦屏山。一次，蒋作君带着女同学去溜冰场，他们刚上初一，都没溜过冰，俩人的手扒在栏杆上吃力地挪动，像个蹒跚学步的幼儿。那个女同学穿了个红色的连衣裙，像一团耀眼的焰火。有个剃着光头留着胡子的大块头家伙，走到女生身边，老鹰抓小鸡一般，牵起她的手，在冰场上滑起来，速度飞快。那女生已经被他抱到怀里，吓得哇哇哭。旁边还有几个小混混吹口号。小蒋目瞪口呆地站在原地。李加海说了一句"废物"，箭一样地冲了过去，那光头一下子被撞倒在地，半天没爬起来，不知哪里破了，脸上都是血。光头带来的几个人，上来围住李加海就打。过一会儿，这几个人都掼倒在地上，只有满嘴是血的李加海爬了起来，吐出一颗被打掉的牙，摇摇晃晃地走了。那个光头叫大有，海州有名的痞子。这一战，让李加海在他那个圈子里声名大噪。

从此，大有经常带人袭击李加海，但从来没有占到过便宜。奠定李加海在圈子里地位最辉煌的战斗是在锦屏山下的火锅店里。李加海和一个小太妹喝啤酒正喝到兴奋处。忽然，他眼睛直了，眉毛极速地跳动。他压低声音对那个小太妹说："快去拿瓶酒。"小太妹的眼神迷离，说话都不太利索了，"不是……不是还有酒吗？""快滚。"李加海说完一手拿一个啤酒瓶"啪"一下砸在桌子上，玻璃碴乱飞。大有和四个手里拿刀的青年冲了进来。一照面，最瘦的一个就被李加海一脚撂倒在地；大有的胳膊被戳进了玻璃瓶，疼得嗷嗷叫；几个人拿刀追着李加海一直追到锦屏山马腰东南侧的山道上。那里是清末邮传部右侍郎沈云霈的家庙，叫沈家祠堂。在那里李加海和他们发生了恶战，结果是大有跪地求饶。李加海是头昂着下山的，刚走到锦屏山的山脚就轰然倒地。在医院里住了二十多天，李顺对家里喊："谁都不许去医院，让狗日的死在外面。"虽然家里人没去，但李加海却不缺人伺候，每天都有人去医院给他送饭。连小蒋的那个女同学都去。自从溜冰场那事后，女孩见到蒋作君就翻白眼，小蒋看到李加海就气呼呼的，又不敢发作，只能在李加海远去的背影后面吐唾沫。

李加海最后一次惹事是把几个"高升"（一种大威力炮仗）点着了放进一个斯斯文文的高中生裤裆里，那男孩当场就吓晕了。正赶上严打，劣迹斑斑的李加海被判了十年有期徒刑。

冬天的一个清晨，刚走出巷口的包三姑就看到路边围了好多人。迎面开来几辆卡车。被剃了光头的李加海站在卡车上，头低着，胳膊被两个警察按着，脖子上挂了个大牌子"流氓罪"。

不知道李加海为什么会对一个学生下狠手，让这男孩一辈子不能成为男人。

李加海是春节前出狱的。一个人孤零零地走进了二营巷的家中。街边的商店里响起音乐，"亲爱的爸爸妈妈，你们好吗?"李加海的眼圈红了，李顺夫妇几年前就去世了。李加海打开房门，一股呛人的霉味。他抬头看看，家里到处都是蜘蛛网，两只老鼠大摇大摆地从他脚边经过，对这位不速之客表示抗议。李加海开灯，没亮。他抬头看了看，灯线上早就没了灯泡，只剩下一根电线孤零零地挂在那里。隔壁传来包三姑家乒乒乓乓剁肉馅的声音。茕茕孑立的李加海一声叹息，拿起个空菜板用刀拼命地砍。有敲门声，他以为是幻听。扔掉手中的刀，再听，果然是敲门声。他拉开门。门口站着赵千山，手里拎着肉和面。

"来，来，加海，咱们一起包过寒菜饺子。"

李加海泪如雨下。

8. 云主任的春天

云先至清楚地记得，他第一次到二营巷的时候是个春天。街上的店铺约定好一般播放同一首歌："打开心灵，剥去春的羞色，舞步飞旋踏破冬的沉默，融融的暖意带着深情的问候。"云先至也会跟着那些店铺里震耳欲聋的音乐哼哼，但他记不住歌词，连调也自己改了。

云先至老远就看到城楼上"镇远楼"三个镏金大字。城墙边的那株糯米茶古树花开满枝，花瓣白色细长，微风拂过，似雪柳飞扬，远远望去宛若祥云，走进观看如皑皑白雪，清香扑鼻。

云先至是坐公交游1线去二营巷的，坐在车里就把海州城的名山游览一番。他从花果山的前云台村上车，然后一路上经过孔望山、石棚山、锦屏山……

云先至几乎每日都坐公交，已经成了他生活的一部分。他和家门口不管几路的驾驶员都面熟，尽管可能一句话也没说过，时间久了，成了熟悉的陌生人。当然，这些年过去，有些人也成了陌生的熟人。

车到了苏欣快客站。这是人口大迁移的一站。车上的人往下拥，车下的人往上挤。在一上一下中，车上竟然有几个空座位，有一个就在云先至身边。他刚要坐，有两个女人同一时间将屁股准确地投向那个座位，并列第一。两个冠军谁也不服输，各自用屁股坐稳座位的一角，一边坐一边吵，谁也不肯先把屁股挪开。

一个说："这大哥，你来评评理，是谁先坐上的?"

另一个嚷："你戴着眼镜看得最清楚，到底是谁先抢到的?"

云先至没有理她们，头转向了窗外。两个女人忽然步调一致起来，嘟嘟囔囔地说起他来。两个女人的嘴巴里都积压了一连串精心组织的恶言恶语，只等着被谁稍一触碰就要发射出来。

云先至以后的工作就是要处理这样的鸡零狗碎、一地鸡毛。

云先至在镇远楼下车。二营巷的巷口对着镇远楼，中间隔着一条窄窄长长的马路。

云先至也去过不少城市。每到一个地方他都会去摸摸那里的城墙，嗅嗅那里的树。他觉得，再没有比城墙和树更能见证一个地方的历史。如果摸到的全是钢筋水泥，街边没精打采的树还没胳膊粗。拉倒了，这地方就像新烧出的瓷器一样，还泛着贼光呢。

海州城随便摸摸城墙上的哪块砖头，至少都有几百年的历史。砖缝之间的青草也都郁郁葱葱，蓬蓬勃勃。那些斑驳的、长满青苔的石墙上刻有一道道岁月留下的痕迹，满是沧桑。来二营巷之前，云先至做了大量的功课，他查阅海州的地方志：镇远楼边上的那棵糯米茶古树，南宋时种植，历经八百春秋依然灼灼其华，就这样静静地站在那里，见证着古城的沧海桑田。

云先至的鬓角已经开始泛白，他觉得自己依然年轻，尽管按年龄上划分已是中年。他想，一个中年人去社区工作应该非常合适，经历、经验和体力上都非常匹配。

云先至二十几岁就是国有化工厂的车间主任，管着一百多号人，年年的劳动模范、先进工作者。厂子里最辉煌的时候，为了提前完成生产任务，他曾半年没回家，连续一个月没睡过囫囵觉。有一次，他边走路边打瞌睡，差一点儿掉进了硫酸池里。幸亏徒弟张扬一把拉着他，否则，他生命的历程二十年前就到站了。那时候的人工作起来都像拼命三郎一样。化工厂最辉煌的时候，全省的企业都来学习成功经验。厂长还曾去人民大会堂被中央领导接见。厂长回来后，云先至一定要和厂长握手。他说，和厂长握手，就像和中央领导握手一样。

不久，厂长提拔走了，胡占奎当了厂长。胡占奎是副厂长时，见谁都眯眯带笑，主动打招呼。厂里的门卫都说胡占奎这人没架子，好处。当上厂长的胡占奎像大变活人一样，听不进任何人的意见。办公会上，他的话不容许任何人质疑。他决定去湖北办分厂，遭到班子其他成员一致反对。胡占奎拍着胸脯说："我是一把手，都听我的，出了问题我负责。"

曾有一次，云先至去找胡占奎汇报工作，他见出纳小董扭着屁股走进了胡占奎的办公室。小董穿了个短裙，袜子把整个小腿都裹住。这种打扮乍一看像电影里香港的中学生。小董三十出头，长得还算清秀俊俏。但却是一张锥子脸，鼻子尖细，下巴尖削，眼角尾部上扬，看人的眼神里满是暗送秋波的暧昧感觉。这眼神也难免让男人心猿意马浮想联翩。小董的男人在塑料厂下岗后，到了化工厂干销售，常年地不在家。云先至看到小董左腿袜子上滴了一滴蓝黑墨水，蓝黑墨水一般不会有人买，那是专门给会计记账用的。墨水在白袜上显得很醒目。二十几分钟后，小董匆匆从胡占奎的办公室出来，脸上像是开满了桃花。云先至定睛一看，那滴蓝黑墨水竟然到了右腿的袜子上……

厂子很快就垮了，这也是云先至意料之中的事。同事们各奔东西，开始还有联系，慢慢就不再联络了。十年过去了，走在街上迎个对面，也只觉得有些眼熟。十年的白驹过隙，物是人非。

和云先至联系最多的就是徒弟张扬，每年都要聚一聚。张扬下岗后去了环卫处，一开始扫大街，后来成了环卫处的负责人。

云先至站在古树下痴痴地看了半天，不只是看树，更多的是回忆。旁边一个矮胖妇女冲他嚷："你要不捡，就给我腾个地方。"那女人麻利地捡满地的落花。云先至望着眼前的这个妇女，脸圆，眼圆，嘴圆，身材也是圆的，像漫画里走出来的一样，一个圈套着一个圈。

云先至扑哧一声笑出声来。女人瞪他一眼。云先至又无聊地猜测：这女人有多大？五十？六十？她的头发既没有白也不是乌黑，而是介于由黑过渡到白的一种颜色。云先至形容不出那颜色应该叫什么，褐色，黛色，还是赭色？

"这花瓣能泡茶？"云先至想和她聊几句。"比茶厉害。"那女人头也不抬，继续捡着，两个塑料袋已经快装满。"你有眼福，这树的花期只有十来天，这花可以清内火，还能消食。"

这女人就是包三姑，云先至在社区遇到的第一位居民。

去社区服务中心的时候，云先至迷路了。走着走着，二营巷变成磨盘巷，后来又进入了旗杆巷、文庙巷、唐巷……八卦阵一样。

唐巷路边种着几十棵月季。有个女人用铲子刨月季。

云先至问："大姐，你干吗呢？"

女人说："路上的月季没人要，我弄两棵回家种。"

"怎么没人要？这属于公共绿化。"

女人说："你算哪根葱，碍着你什么事？"

女人还准备继续从嘴里发射火力威猛的炮弹，忽然"哎呀"了一声。

"我的花盆呢？是哪个王八蛋把我的花盆偷走了？"女人专心刨月季的时候，花盆被人偷了。她开始诅咒偷她花盆的人。

在唐巷，云先至处理了他上任的第一起居民纠纷。

巷子很窄，两个人并排就把巷子堵得严严实实。一辆轿车依然从云先至身边顽强地挤进去，车灯已经碰到了云先至。开车的是个小鼻小眼五官紧凑的青年，眼睛、鼻子、嘴都肆无忌惮随心所欲地聚合在一起。他漠然地朝云先至看了一眼，然后又继续向前，仿佛行进在钢丝上。到了巷子中间，车把趴在门口的哈巴狗轧了，那狗还没来得及哀嚎一声，就一动不动了。站在门里的女主人，看见一命呜呼的宠物，立马呼天号地悲恸欲绝。男主人也冲了出来，膀大腰圆，蒋门神一样，倚在车头，一手扯住了刚打开车门的车主。

"狗日的，我告诉你，今天你走不了。"

那青年用手拽了一下男主人，纹丝不动，从体型就知道两人不是一个重量级的。青年说："多大事，赔你一条狗得了。"

"赔一条？你他妈的属癞蛤蟆的吧，好大的口气。这狗我们养了七年了。"

青年说："我赔你一条七年的狗行不行？"

"你知道这是什么狗吗，这狗是韩国进口的纯种牧羊犬，海州城是独一无二的。"

青年说："纯种的牧羊犬应该是德国的，没听说韩国有牧羊犬。"

"你小兔崽子还嘴硬。""蒋门神"一把将那青年提溜起来。

乔二推着卤货的车子过来，鬓角和后脑勺的头发剃得很高，加上细长的脖子和瘦长的身子，活脱脱一个带把的大鸭梨。一看就是睡眠不好，眼带肿得像得了疝气，挂在眼上的眼屎足有二两重。看到吵架，忽然来了精神，"打呀，快打呀，怎么不打?"

包三姑也走过来，"鲁大东，这狗可金贵呢，你爹吃咸菜，狗吃火腿肠。狗没了，是不是还要通知亲朋好友，大办一场。"

"你俩都找地方凉快去，爱去哪儿去哪儿，别站我门口。"

云先至说："我插一句，我插一句。出了事情，咱们就合理合法地解决事情。这么窄的巷子，你这青年也敢在这里耍车技，刚刚就已经碰到我了。把人家狗碾死了，一定要赔的。"

鲁大东说："杀人偿命，碾狗赔钱，天经地义。站闲的这位兄弟都知道这理。"

云先至看着他："你先把手放下，这事理在你这一方，但如果把人家打伤了打残了，你就养他一辈子吧。"

"我养他? 他是我儿子? 他要是儿子我就养。"鲁大东虽然这么说，手却松开了。

鲁大东说："他今天不赔偿，我就扣他的车。"

"你扣他的车，有理也不占理。咱不是执法单位，没权扣人家财产。一码归一码，赔偿的事是民事纠纷，你扣人家车属于私自扣押人家财产，是违法行为。"

鲁大东瞪了云先至一眼："你干吗的? 有你什么事!"

"我是新来的社区主任云先至，今天第一天上班。"

"社区主任？多大的干部？你能帮他赔钱？"

"做事情要在理上，你让我赔，这是气话，气话解决不了任何问题，把狗碾死了，当然要赔。至于怎么赔，你两家要商量的。我只告诉你，你扣人家车不仅是错误的，还是违法的。"

鲁大东没说话，乜斜着云先至。女人也不哭了："你是主任，你说他应该赔我们多少？"

"我说了也没用。青年你应该现在就给保险公司打电话。"

青年赶忙拿出手机。云先至又对夫妻俩说："如果你家的狗是特殊犬，那就要把狗的相关证明，包括血统证明准备好，这样赔偿的时候才能有说服力。"

鲁大东在嘴里哼了句："什么血统证，我都没有血统证，狗上哪里有？"

"那你们就要等保险公司来了，大家一起协商，如果协商不成，还可以去法院。我还是那句话，合理合法地解决纠纷，如果有什么问题需要我协调的，来社区找我。对了，社区怎么走？"

当云先至到二营巷社区委员会的时候。一群人围成圈正在社区的门口叽叽喳喳。

"因为新主任没来，化粪池堵了就没人问，我们应该联系电视台，联系报社给他们曝曝光。"

"对，曝光。"人群里附和着。

一个三十多岁的妇女从社区委员会走出来。

"小伏，这事社区是不是不管？不管我们打电话给电视台了。"

那个叫小伏的答："不是告诉你们了，新主任马上就到。我是负责司法、民政的，我也不会疏通下水道呀。再说了，你们找电视台，那些扛摄像机的能替你们疏通下水道？还不是要等新主任来解决，你们在这儿只能添乱。"

"是不是这新位主任一辈子不来，我们就一辈子住在大粪里。"人群嚷嚷着。

一个没牙的小脚老太太颤颤巍巍地走过来。

"小伏，学校在我们家门前盖围墙，你赶紧去帮我看看，否则我就和他们拼了。"

"谁敢和您老人家拼命？"小伏边说边上前搀着老太太。

孙大娘已经八十二了，几个儿女都在外地，最远的是在加利福尼亚。孙大娘和人絮叨："你们不要看我有儿有女，还不和五保户陈老太婆一样？我还不如陈老太婆，她还有街道帮助照顾着，我这老太婆谁管？"说完就自顾自抹眼泪。

"孙大娘老当益壮，这是要带着小伏去炸碉堡去吧。"乔二身上围着个脏兮兮的黑围裙，脚上也是一双黑乎乎的拖鞋，仔细一看，乔二胖的脚指甲多长，几年没剪一样。大脚趾上还有灰指甲，像粘上一泡鸡屎。

"我先把你个猪头炸平了。"老太太牙没有了，说话时嘴往里吸。

人群一阵哄笑，小伏搀着老太太走了。

"我们这是老旧小区，谁愿意来干这个既赚不到钱又累得七死八活的社区主任。该不是不来了吧?"

"来了也干不长，一年半载就跑了。"

有个男人朝人群摆摆手，"不要瞎扯啦，说正事。"

"赵教授，你说咋办? 这新主任不来，这事是不是就没人管了。我家窗户就对着化粪池。我去，那个味，几天都不想吃饭。"

"乔二胖子，那你要感谢化粪池，看看你那身材，都快成老母猪了，说不定这次能瘦几圈，还能找到个媳妇。"裱画的小蒋坏笑着。

"老母猪赛貂蝉，我还要找什么，让你媳妇跟我过呗，我也不嫌弃。"

人群中又是一阵哄笑。

"你俩要是嘴痒痒，找张砂纸去镇远楼上磨磨再来。"那个赵教授的声音提高了八度，"听说新来的主任……"

"我就是新来的主任，我叫云先至。"一直站在圈子外面的云先至忽然喊道。

他觉得自己冒出的这句话像极了某个老电影里的台词。云先至瞬间变成了圆心。"对不起大家了，刚刚我在后面听了一会儿。你们七嘴八舌说话的时候，我已经和环卫处联系好了，他们马上会派人过来帮助我们处理。"

正说着，环卫处一辆吸粪的车开过来。人们马上让出一条道。

乔二拉着云先至的手，"主任，我家的下水道老堵，你能不能顺便让他们去看看。"

没等云先至说话，那个赵教授踢了他一脚，"你该上哪儿凉快去哪儿凉快去，自己想办法解决。"

一个矮胖老人说："主任，我的这个困难补助到现在没有批下来。"

小蒋嚷道："主任，我裱画店前面小摊贩占道经营，城管来了多次，让社区帮着管理。"

卖水糕的老高喊："护城河的桥上，铁皮坏了个洞，小孩都能掉下去。"

还有两个妇女嚷嚷："我们的厕所太脏了，没地方插脚。"

赵教授朝人群摆摆手，"云主任才来，你们让他先熟悉一下情况吧。"他走过去对着云先至微微一笑，干柴一般的手握着云先至，"自我介绍一下，我目前主要的身份是二营巷的居民，我叫赵千山。"

⚞ 赵教授的夏天

赵千山是夏天乘火车到南京的，怀里装着蒋远廷的推荐信。一下火车，就感受到这座火炉城市的威力，好像拔根火柴就能自燃。虽然热，但赵千山还是情不自禁地喜欢这座六朝古都，就连秦淮河飘来的风都带着一丝文气。除了十里秦淮，他对路两边的香樟也很着迷。海州城没有香樟，南京城的香樟枝繁叶茂，叶子打开像一把巨型蒲扇。多远就能闻到独特的木质香味，淡淡的，飘忽不定，沁人心脾。一座城市有了这些就足够留恋的。

造化弄人，赵千山最终还是没能留在南京。

赵千山从小就对画画表现出非凡的天赋来。小时候看包木匠在木头上雕花，一看就是半天。有时，趁包木匠不注意还要去修改几笔。包木匠脾气好，从不生气，还夸赞他改得好。后来，木匠很多的图案都是赵千山画的。赵千山的父亲赵奎却对儿子画画表示出极大的厌恶。会画画有个屁用，画出的花花草草也不能下饭，还不如和包木匠学打家具，孬好算门手艺。

赵千山不讨赵奎喜欢，赵奎喜欢赵万水。赵千山的大哥赵万水长得高大威猛，赵千山站在大哥面前柔弱得像个小鸡崽；赵万水聪明，什么都是一学就会，赵千山除了会画画，干什么都慢半拍；赵万水嘴甜，会说话，赵千山说话冲，不经过大脑。如果家里来客人——

客人说："不打扰了，我该走了。"

赵奎说："走什么走，吃完饭再走。"

赵万水会接上他爸的话说："叔，菜也有，饭也有，吃完再回去呗。"

都是客气话，客人不会当真留下。赵千山却实在，他会对客人说："家里哪有什么菜？那点儿菜还不够我爸一口的。"

赵奎骂："你个小泡子，不说话没人把你当哑巴。"

赵万水进入高中后，班主任告诉赵奎，只要正常发挥，赵万水考南大一点儿问题都没有。高二的时候，赵万水连续地发热、头痛。赵奎去厂医那里拿感冒药给他吃，吃了半个月，赵万水的精神都不大正常了。有一个景德镇制的大碗，是赵奎每天吃饭用的。赵万水随手就摔了，碎片撒了一地。有一块碎片崩到了赵千山的眉毛上，血一下就流了出来。那时，赵千山刚上初中，被吓得哇哇哭。赵千山左眼眉毛上的那块疤就是那次留下的。等赵奎慌忙把赵万水送到人民医院，已经迟了。赵万水得了急性脑炎，在医院抢救了一个星期。赵千山亲眼看见医生把白布蒙在了大哥的脸上。有大约一年的时间，赵千山的妈肖如兰每天都哭到半夜，边哭边指着赵奎骂。肖如兰早就要带赵万水去医院，赵奎一直说："感冒，能多大事？"

赵万水死后，赵千山一个人不敢在家。如果放学早，就会去石棚山或是白虎山，去看山上那些奇奇怪怪的石头和造型各异的树。后来赵千山考上了西北美术学院的国画系，报志愿时，赵千山专门选择离家远的地方。他放假也很少回家，一个人待在画室通宵达旦临摹宋元明清古画。老师夸赵千山勤奋，同学们说，以后中国的美术史上会留下这小子的记录。赵千山的系主任、著名国画大师蒋远廷也对赵千山给予很高的评价，也认为假以时日这个学生一定会独步画坛。蒋远廷祖籍是海州，是海州蒋宅的后人。因此，对赵千山这个小老乡特别厚爱。

海州城的蒋宅始建于明崇祯七年，有近四百年的历史。蒋家高祖蒋国均系明末台湾水军总领，常州人士，后迁入海州，明朝末为江北文、武双榜举人，官至台湾水军总领，在民族英雄郑成功手下为官。他率领水师抵抗荷兰入侵台湾时捐躯沙场。其夫人闻讯投江殉夫。明王朝追封蒋国均为正二品——武骑将军。其夫人追封为一品诰命夫人，御赐凫盒三盒，主盒内装御赐赦书。战后，皇封世袭，因此在古城海州建造蒋宅。

毕业时，同学们都送点儿小礼物给蒋老师。一般是一盒颜料或者一支毛笔什么的。赵千山给蒋老师带来一瓶土和一枝风干的枯梅。他对老师说，这土，是海州蒋宅里的土；这梅花，是海州蒋宅里的梅花。蒋远廷的眼圈立刻红了。当即铺纸挥毫赠赵千山一幅梅花。画面是淡淡的月色之下，几株浓淡相宜的梅花，倒悬在水面上。远观有疏影横斜之妙，近观有暗香浮动的神韵。蒋远廷对这幅作品非常满意。他对赵千山说："你务必收好。我画的可是梦里蒋宅里的梅花呀。"这让同学们羡慕不已。

让同学们更羡慕的是：蒋远廷亲笔写了封推荐信介绍赵千山去南京画院工作。同去南京画院应聘的还有一个画山水的青年画家。两个月的试用期结束，画院二选一。当然是靠笔下功夫说话。那位画家呕心沥血几个月画了一幅《紫金山秋色》长卷。长卷展开，摆在画院会议室的地上，视觉上颇为震撼。赵千山却用一张巴掌大的纸画了一幅海州城特有的植物——过寒菜，寥寥几笔，很得白石老人的神韵。长卷虽长，但匠气得很。画院大多数院委认为赵千山以少少许胜多多许，作品更胜一筹。年轻的赵千山即将成为南京画院的专职画师。

这时，赵千山连续接到几封赵奎的来信。赵奎说，自己得了胃癌，可能撑不到年底了。肖如兰下楼时腿又摔折了。赵奎希望赵千山回海州，如果留在南京，离得太远了，就是自己死了，都不能马上赶回家。赵千山把自己关在宿舍里想了半天：父母把他养这么大，他不能为了自己的前程抛下父母，这样的人即便以后前程再远大，与动物何异？乌鸦尚且知道反哺，赵千山最终收拾行李和画院领导告别，又给老师蒋远廷写了封信。从此，赵千山离开了南京，以后的二十年再没去过南京。

赵千山匆匆忙忙回到二营巷。实际的情况让他大为恼火。肖如兰是摔了一跤，但并没有骨折，赵奎也只是普通的胃病。赵奎不想让赵千山在南京工作，而是回家找个工作。赵奎每当看到报纸上老人死在家中，多少天后才被发现的新闻就异常紧张。她让肖如兰写信劝儿子回家，肖如兰不听他的。他就自己给儿子写信，活生生地把儿子骗了回来。

赵奎不知道，他的这封信把原本快马加鞭在大路上奔驰的赵千山，引到了弯弯曲曲坑坑洼洼崎岖不平的羊肠小道上了。赵奎本以为，赵千山是正儿八经美院的毕业生，找个工作还不易如反掌？但海州是小城，没有画院也没有美术馆。赵千山除了画画，其他并无特长。因此，很难有合适的工作。父子俩在一起的时候有些冷淡，几乎没什么话唠，就像两个路人。这种冷淡一直持续到赵千山步入中年。

当得知赵千山没有留在南京，蒋远廷轻轻叹了口气。十年后，赵千山终于明白了老师的那一声叹息。十年的光景，他和同学之间差距就出来了。不是他画得不好，而是因为他独居小城一隅，信息不发达。他画得再好，外面也不会有人知道。他的那些同学，后来几乎都成了画坛的名家，在各省市当着美协主席副主席什么的。据说，当年和赵千山一起去画院的那个画家，现在随便甩两笔就能买辆车。赵千山是清白小民，一介布衣，在孔望山职业中学当老师，而且是没有编制的合同工。

二营巷的人都喊赵千山叫"赵教授"。其实，赵千山非但不是教授，连个讲师都不是。

赵千山在孔望山职业中学教美术，也教过语文和政治，还在食堂卖过一段时间的饭票。四十岁的赵千山职称和刚参加工作的小青年一样是初级。赵千山有些驴脾气，性子就像刻刀对石头一样硬碰硬。学校美术组的一个老师，叫孔辉，曾是全区教学比赛倒数第一。即便全校组织的提高教师学历的成人本科考试，他也是习惯性地挂科。但孔辉智商虽然欠缺，情商却高。经常把家里种的纯天然的大米或者桃子、杏子这样的时令蔬果，一箱一箱往校长家搬。时间不长就做了美术组组长，成了赵千山的领导。中层干部竞聘时，又拖了一箱酒和几只大闸蟹去校长家，终于混上了一官半职，当上了负责职称工作的人事处副处长。得知孔组长高升，赵千山即兴创作一幅画并挂在办公室。画面是几只螃蟹和一壶酒，题款是"升官图"。除了当事人外，欣赏到此图的人无不哈哈大笑。学校为此专门下了一个文件：为了保证学校环境美观，教师办公室的墙上不允许悬挂任何物品。

赵千山眼看着曾是他徒弟的教师职称都是中级甚至高级，他十分的郁闷。什么狗屁艺术，当官才是最大的艺术。他也只能违心地世故一回。

校长附庸风雅，喜欢收藏书画。他曾经对赵千山说："自己有乡土情结，就喜欢海州书画名家的作品。因此，十分崇拜他的老师——蒋远廷。"

赵千山回答："那是正常的，大家都喜欢蒋老师的作品，我也喜欢。"

校长尴尬地笑了笑。赵千山有好几次能解决编制的机会，就这样被无限期地研究着，一直研究到赵千山步入中年。赵千山觉得自己这辈子吃亏的主要问题就是脾气太硬。蒋云方也曾经和他推心置腹地说："老赵呀，你看麦穗越成熟越低头，你岁数也不小了……"

赵千山第一次走进校长办公室。当天晚上，那张精致的墨梅图就挂在了校长的书房里。

半个月后，校纪委让他去。校长把那幅画交给了校纪委。他被取消了当年评职称的资格，并点名批评教育。

赵千山百思不得其解，后来有明白人点拨他："你真不简单，竟然给校长送假画。"

"假画？"

"校长找小蒋鉴定过了，说是假画。"

"哪个小蒋？"

"就是裱画的那个小蒋——蒋作君，据说是蒋大师的亲戚，也是海州蒋家的后人。小蒋还说，画几棵倒着的梅花，是寓意倒霉，不吉利。"

"放他什么狗屁，他是什么蒋家传人，他家是糊灯笼的。蒋老师认识他个大头蛆。"

二营巷的人都知道裱画的小蒋嘴不好，大人小孩背后都叫他"美国之音"。小蒋媳妇为小蒋的这张臭嘴没少和他干架。

此后，赵千山所有的画都不让小蒋裱，宁愿多跑好几里地到华联后面的裱画店。

蒋作君也是二营巷的老住户，不过和蒋宅的"蒋"家八竿子都打不到一起。硬要说有什么联系的话，就是都姓"蒋"。蒋作君家几代都做灯笼、风筝什么的，祖传的手艺。到了蒋作君父亲这代，弟兄几个没有一个愿意学这个的，蒋作君的爷爷郁郁而终，手艺也失传了。

蒋作君的二叔蒋云方是海州城有名的书法家，可惜他的几个孩子也没有一个喜欢书法的。蒋作君喜欢，他和蒋云方学了一年写字，字写得还是歪七扭八的，没有模样。蒋云方说："作君呀，你还是干点儿别的什么吧，别在一棵树上吊死了。要不，你去学学裱画什么的也不错，多看看人家写的作品，眼界还能开阔些。"

蒋作君去了苏州、郑州等地学裱画。一年后回来，在街边开了一家"作君裱画店"。这五个字蒋云方写了半天，才选了一张自己满意的给他做招牌。店两边蒋云方还写了一副楹联。上联是：蒲锦裱就元贤画；下联是：蝴蝶装成宋版书。

海州城裱画的，大多是跟在师傅后面学个一年半载，然后自己开店，边干边琢磨。相比之下，蒋作君就属于"科班"出身了。他裱画的款式多而且新颖，颜色搭配得又好看，加上去蒋云方那里求墨宝的，蒋云方都让他们去作君裱画店里装裱，否则就不写。一来二去，小蒋在海州城的书画圈里有了些名气。

一个裱画的能鉴定书画？简直是胡闹。

经过这事以后，赵千山一门心思地埋头画画不再想职称的事。有时看着主席台上滔滔不绝的校长，他忽然会想起海州城一些有名的混子来，比如大有，比如他的学生李加海什么的。想到这里，他会哑然失笑，小声嘀咕着："差不多，都差不多。"

赵千山偶然成为"教授"是在一个夏天。海州古城的石榴花约好了一般准时盛开。"六月石榴红似锦，石榴花红艳逼人"，成千上万株的花朵挤在一起，热热闹闹地开起来，形成了颇为壮观的一片花海。一个专家教授编委会给赵千山寄来了一个入编通知，他寄了八百多块钱就顺利入编了。那本书很厚，大概有十斤吧。上面的人名密密麻麻的，如同电话号码本一样，每个入选者有一百字左右的简介。赵千山的简历在第一千二百页上，他把这本宝典给包三姑看。包三姑瞥了一眼，"不得了，咱这小巷，还出了个专家教授，赵教授，您老人家好。"这本"古籍善本"二营巷的居民几乎都"学习"过。大家都学着包三姑，见到赵千山都喊他"赵教授"，赵千山听了很是受用。几百块钱换来这么一个称呼，值。

巷子里古城饭店的老板叫丁二。丁二和赵千山熟悉，没事的时候就去找赵千山聊天。一次，赵千山又摆弄他那本宝贝书。丁二对这本书很是不屑，他说："我外甥的简历也在里面。"赵千山翻了翻，果然有。丁二的外甥，赵千山是知道的，原先是他的学生，上了半年死活不上了。先在海州城贩水果，后来又跑运输，再后来不知道是哪根筋搭错了，搞起了收藏，收藏一些坛坛罐罐的。丁二外甥的简历还排在赵千山的前面。

丁二笑道："赵教授，我这一级厨师要是交钱，百分之百入选，说不定还排在你前面。"

赵千山讪讪的。这以后，他把书扔到了橱顶上。但"赵教授"这个让赵千山受用的尊称就这样叫开了。

第二章 ｜ 白虎山与鸡毛靠子

白虎山位于海州城南，遍山磊磊青石，形状像只白虎蹲伏在那里。宋代叫孤山，明代叫白璧山，清代的两江总督、太子少保陶澍来海州。这位老先生属猪，不怎么喜欢老虎，将白虎山改名为鳌头山。为了说明他改名改得正确，陶澍还郑重其事地刻石记之："海州城西有白虎山，其名佛训，也称白璧山，其名不肖。余缔视之，实类鳌首，因取晓策扶桑之意，更其名曰鳌头山，以莫海疆，为多士登瀛之兆也。"这样，海州城外一座不起眼的小山头，竟有白虎山、孤山、白璧山、鳌头山四个名字。

但老百姓只叫它白虎山。这山竟还和梁山好汉宋江有关。白虎山上有一块特殊的石碑，这块碑叫"张叔夜登高碑"。石碑镌刻于白虎山山顶东部一崖壁之上。刻文为："徽猷阁待制知州事张叔夜、淮东兵马都监刘绳孙、前兵马钤辖赵子庄、兵马钤辖赵令懋、前朐山令阎质、司刑曹王治、怀仁主簿蒋全、权朐山尉王大猷，宣和庚子重阳日同登。"张叔夜这次重阳登高并非是一次普通的郊游，他率兵马都监、前兵马铃、现任兵马铃、司刑及地方官吏登上白虎山，其实是有目的地观察地形、部署城防的一次军事性质的行动。距这次登山仅几个月后，一场惊天地泣鬼神的战斗在白虎山下打响。《宋史·张叔夜传》，宋江率军转战至海州，夺取了官军巨舰十数艘，准备攻打海州城。宋江是准备以云台山为依托，与宋室作长期抗衡。不料由于轻敌，被张叔夜诱离海边，焚烧了船只，全军覆灭。在海州城外堆起了一座"好汉莹"。

"鸡毛靠子"是海州人对一种鱼的称呼。名字虽然俗气，这鱼却还有个好听的名字叫"凤尾鱼"。你要说凤尾鱼，海州城没人知道。老海州的人去饭馆点菜时必然高声喊："炸好的鸡毛靠子来一盘。"这鱼血统高贵，来头不小。它在长江里叫"长江刀鱼"。平时生活在海里，每年2月份开始由海入江，并溯江而上进行生殖洄游。完成这一神圣的繁殖活动后，它们还要叶落归根，继续回到海里。但肉质已经大不如在长江的时候，肉质和刺都变硬了。从头向尾部逐渐变细，腹部圆润，全身银白少鳞，远看就像鸡毛一般。海州人把它叫"鸡毛靠子"，这按修辞手法应该是一种比喻，意思是它的模样靠近鸡毛。

从凤尾鱼到鸡毛靠子有点儿大雅大俗的意思。对市井生活来说，雅和俗都是无关紧要的，实惠就行。几千一斤的长江刀鱼不是普通家庭能接受的，品尝十几块钱一斤的鸡毛靠子总是实惠的。这鱼如果红烧，肉就显得太寒碜了。对于美食，老海州人总能发挥出劳动人民过人的聪明才智，既然红烧不行，就用油炸。炸出来的鱼全身金黄，放在嘴里一嚼，又香又脆。

∕ 云主任的夏天

凌晨五点，云先至的手机响了。"墙上哎画虎喂，不咬人哎，砂锅儿哎和面儿哎，顶不了盆儿哎，侄儿总不如亲生子哎，共产党是咱的贴心人……"手机铃声是电影《焦裕禄》的主题曲《大实话》。

睡梦中的云先至打了个激灵，赶紧拿起手机，一看号码，是老葛。

"葛大爷，您老又……"

"云主任，夏天天长，我四点多就起来了，琢磨着你也该起床了。我现在在中大街，那帮卖水果的乱扔垃圾，苍蝇嗡嗡的黑压压一片，差点儿把我推马路那边去了。"

"葛大爷，我上班就去看。"

"等你上班盐都卖臭了。这帮卖西瓜的，就现在在，等到了八点他们早就卖光跑了。你现在就来，我就在这儿等你，抓紧呀。"

"我的大爷呀，这才五点……"

没来社区之前，云先至想着社区工作就是领着一群胳膊上箍

63

着红袖章的大妈到处转转。他怎么也想象不到工作竟会这么烦琐，几千户日常的一地鸡毛，对社区主任来说都是大事。他工作的这一亩三分地中的每一个由蛋白质、骨骼和水分组成的生命体在外或许是无足轻重甚至可以忽略不计，但对于一个普通家庭来说，都是天，都是地。云先至感觉自己就像触摸屏上的一个引擎，通过引擎将一个又一个百姓的生活打开，社区工作就是一个面、一个舞台，这里上演着各式人物的嬉笑怒骂、悲欢离合。

葛大爷退休前在企业里搞宣传，是个热心人。社区分片网格化管理，葛大爷自愿担任中大街的网格长。老葛单眼皮小眼睛，眼小聚光。他眼里容不得半点儿沙子，隔三岔五给云先至打电话，而且不分时间，不管半夜还是凌晨，一讲就大半个小时。

中大街是个三岔路口，人流量很多。早上是早市，晚上是夜市，常常把路堵了。居民们通过政府热线投诉，说中大街小学孩子上学放学都被摊贩挤到了机动车道上，安全堪忧。有的投诉摊贩们早上四点钟就开始来卖菜了，乒乒乓乓剁排骨，吵得人睡不着。还有的投诉是买卖商品的人经常到附近楼洞随地大小便，整个楼洞里都飘着尿臊味。他们要求坚决取缔非法市场。这个问题被转到了办事处，办事处让社区先拿出个解决方案。

云先至看到老葛手掐着腰，站在几个摊贩的后面，像怕他们跑了，要从后面包抄一样。

云先至说："葛大爷，你每月话费不少花钱吧。电话费贵呀，以后有事，不如当面找我说。"

老葛回答："花什么钱，我已经把你手机加成亲情号了，打你电话不花钱。"

老葛对那几个卖西瓜的嚷嚷："我是这片片长,这是街道云主任,我们俩代表一级政府找你们谈话。依照《中华人民共和国城市规划法》、《中华人民共和国道路交通安全法》、国务院《城市道路管理条例》、国务院《城市市容和环境卫生管理条例》、《中共中央国务院关于深入推进城市执法体制改革改进城市管理工作的指导意见》,解决城市管理面临的突出矛盾和问题,进一步提高城市管理和公共服务水平……"

云先至说："葛大爷,挑重点。"

老葛说："那,省市有关规定我就不说了。我已经在你们身后快一个小时了,你们随手乱扔垃圾,本来我作为片长是可以处理的。但我们提倡集体领导,我刚刚打了云主任电话,我们两人一起来处理这个事情。"

几个卖西瓜的盯着眼前穿着两根筋、汗衫上坏几个洞的老头儿,怎么看也不像一级政府,不搭理他。

老葛见无人理他,加大了分贝:"不能在这儿卖,赶紧走,都赶紧走,云主任,你也说说。"

云先至说:"卖西瓜,第一不能占道经营,第二,要搞好卫生,不能随便乱扔垃圾。如果出现这两条,社区将联合城管,马上来执法。"

卖西瓜中有一个认识云先至,他把卖瓜的车从路中心移走,顺手还把地上的瓜皮捡了起来。其他的小贩纷纷从马路中心向四边移开。

老葛说："我找你云主任还是非常英明的，你看，你说话管用，一句顶一万句，你不来，他们不走。"

云先至连连向他作揖："我的葛大爷呀，以后能不能迟点儿给我打电话。你看，现在还不到七点。"

云先至在中大街吃完早饭，在街上转了转。二营巷老旧小区多，老旧小区就像上了岁数的老人一样，说不定哪里就会出毛病。云先至走到唐巷的时候，头顶上的电线，蜘蛛网一样遮天蔽日。他在电线下站着，抬着望着上面的那些不知从哪里穿插过来的电线。这些都是安全隐患。

蒋作君骑个自行车，自行车上面绑着个液化气罐。

"主任，这么早就上班了。"

"嗯，换煤气去？"

"主任，人家都改液化气了，我们这什么时候改？"

"上次煤气公司来看，管道怎么铺，人家回去要研究。"

"老巷子就他妈讨厌，一家一家鸡笼子一样，什么都不好干。"

小蒋骂骂咧咧地骑车熟练地在晨练的人群中穿梭。他走到巷口，停了下来，猛地又朝云先至招招手，那地方是车辆厂的宿舍楼。云先至走到前面，臭气熏天，下水道的污水又漫出来了，上面还漂着一层屎尿，看着就犯恶心，差点儿把云先至刚吃的油条豆腐脑从肚里倒出来。云先至知道，下水道光靠一次次的疏通治标不治本。晚上要找楼上居民商量，要挨家挨户地去，拿出一个可行的解决方案。

云先至到了社区中心。他抬头望了一眼窗外，窗户外的那株石榴开花了。街上的石榴大多是木石榴，只开花不结果，主要就是绽放自己的美丽，因此，花开得极其绚烂，绚烂得让人眼晕。窗外的那株石榴，开的不是红花，而是淡黄色的花。云先至刚要酝酿出点儿诗人的感慨，巷子里的保洁员小金气喘吁吁跑过来。小金长得圆，一路小跑，像个球滚过来一样。小金和包三姑没有丝毫的血缘关系，却如同一个模子倒出来的。小金走到石榴树旁，顺手拽下一朵石榴花戴在耳朵上。

　　"云主任，赶紧去看看。大高和乔二胖要拼命。"小金嚷嚷，"要不要打110？"

　　"打什么110，街里街坊的，我去看看。"

　　乔二坐在两家的墙头上，手里拿着锯子，嘴里骂骂咧咧的。看到云先至急匆匆地跑过来。乔二胖喊："云主任，这事你不要管，我今天就要把这棵倒霉树砍了。"

　　"你敢？你要敢砍树我就把你砍了。"墙下的大高挥舞着铁锹也不示弱。

　　云先至冲大高喊："大高你真能耐，你闺女小红都高二了，你想过你这一铁锹下去对她什么影响？"

　　大高不说话。他的脸色本来是纯然的蜡黄里透出点儿黑，现在色调变了，黑色变成了主色调，黑色里加点儿黄又混合成棕褐色的模样，乍一看有点儿像京剧脸谱。大高整张脸也只能说脸色还算有点儿特点，如果没有这脸色，整个人就像白板一样。云先至知道，乔二胖虽然看起来五大三粗的，根本没劲，一掌就会被

67

推个跟跄。

两家的矛盾是一棵梨树。这棵树还是大高爷爷种下的，种在两家的围墙边。几十年，树不言不语，好像长成了一个精灵，多次挣脱禁锢，勇敢地将枝干插入墙缝并努力地顶出墙去自由地开疆辟土。一棵让墙环绕着的树就这样长成了。

乔二听人说梨树长到他们家不吉利，拿着锯子要去锯侵犯领土那部分的枝干。大高拿着铁锹要捍卫老树的完整。虽然，大大小小的战争每天都会重复上演，如果裸露在浩瀚的宇宙时空中，任何战争都是微不足道的。但对于作为社区主任的云先至来说，这样微不足道的战争就是大事，哪怕再小的矛盾都可能爆发出原子弹的威力。

云先至站在手拿着铁锹的大高以及和大高对峙拿着锯子的乔二胖中间。

云先至说："你俩家老爷子在的时候是不是处得跟一家似的，几十年的老街坊从来没有红过脸，我说得对不对？还不是今天我给你端碗饺子，明日我给你一碗鸡毛靠子。二胖子你爷走的时候，高老爷子是不是对着这墙哭了几天。这棵树要会说话，不骂你俩才怪。这棵树见证了你两家的交情，怎么能说砍就砍呢？"

"主任你看，这树把墙上戳了个洞，还不小。"乔二说。

"这墙都几十年了，用脚踹几下也是个洞，前面社区有个墙头倒了，幸亏是夜里，没伤着人，赵老师和小蒋家都用大铆钉加固，和你们说了多少次，你们也不听。二胖你赶紧下来，你那几百斤墙撑不住，如果自己摔下来，不能怪别人，只能自己忍着。"

68

乔二从梯子上慢慢爬下来。脚上只有一只拖鞋，另一只拖鞋掉到了大高家。"你的脏鞋，看着都恶心。"大高一铁锹从墙头把拖鞋扔了过来。

"算命的说这树不吉利，害我找不到媳妇。"乔二说。

云先至说："那你去问问他，砍了这树你多长时间能找到，找不到媳妇怨这树吗？"

众人一阵哄笑。

小蒋把自行车支好，像打了鸡血一样，奋力挤到人群前。只要有热闹，他总奋不顾身地挤到一线去。

小蒋说："二胖，你看你那邋遢样，哪个能相中你？包三姑不是给你介绍远房亲戚，一心就想嫁到咱们这里，而且人家对模样、年龄都不限。专门到你卤货摊子上买猪头肉，就是去瞧你一眼。你看你那倒头样，鼻涕都流进嘴里了，活生生把人姑娘恶心走了。你看看，街坊四邻有谁家买过你的卤货？要不是这几年前面是工地，靠工地上的工人捧场，你生意早黄汤了。"

云先至说："小蒋话糙理不糙，不是好邻居他不会对你说这些的。你就不能把身上的围裙洗洗吗？都成古董了，看着像是几十年没洗过，上面都起包浆了。"

"谁说我没洗过？我洗过一回。"

小蒋牙都笑疼了。"你洗衣服真省水，哪天下雨哪天洗，衣服上放上洗衣粉放在雨地里，一条龙全自动。"

云先至接着说："这你该向大高学学，人家大高也卖吃的，多干净，不用手收钱，即便找钱，也要在盆里洗洗手才继续蒸

69

糕。你帮自己捯饬捯饬吧。我明天就帮你们联系人来钉铆钉，费用一家一半。墙上这个洞我找人帮你们修饰一下，长在墙里的树，海州城也没第二处呢。"

平息了一场纠纷，众人散去，云先至又去了中大街，正是中大街小学学生上学的时候。送孩子上学的轿车、摩托车、电瓶车穿梭在一群买菜卖菜的人群里。到处都是车、人、人、车。司机不住地按喇叭，那只是徒劳，根本没人理会喇叭声。电瓶车和摩托车却能准确地从缝隙当中穿出。

一个老人把电瓶车支到一个菜摊前。"茄子多少钱?"电瓶车后面穿着校服戴着红领巾的孩子也就十岁左右，迅速地跳下电瓶车。一个摩托车忽地从云先至身边穿了过来，差点儿就要撞到孩子。孩子看到疾驰过来的摩托车却一点儿都不紧张，熟练地向旁边闪了一下，然后看着摩托车扬长而去。整套动作娴熟自如，犹如体操运动员。

八点以后，街上安静下来。小贩们也整理战果，各回各家。来这里卖菜的都是白虎山、锦屏山或者孔望山附近的村民，卖的也都是自己家园子里的果蔬。办事处让云先至拿方案，他本来可以简单地写："占道扰民，依法坚决取缔。"但他还想听听这些小贩的意见。

卖菜的大妈一见到云先至，赶紧把地上的垃圾往三轮车上捡。"不给领导添麻烦，我打扫干净再回去。"

云先至知道她是白虎山村的，已经七十六了。

"大妈，跑这么远来卖菜，在家门口卖不方便吗?"

"卖给老鬼去，家家都种菜，就在这边能卖点儿，一天卖个二三十块，就够生活了。"

一个卖蘑菇的喊他："云主任，听说这个市场要取缔？"

云先至说："这本来也不是市场，大家是占道经营。"

卖蘑菇的说："我每天夜里两点就起来收蘑菇，四点多赶到市场占个好地点，卖到八点，如果卖不出去，割下来的蘑菇很快就坏了。"

"蘑菇如果直接卖给批发商不是量大，还方便。"

"主任呀，卖给那帮菜贩子，一半价格都卖不出来。我一家五口都指着这点儿蘑菇呢。"

云先至忽然想到小时候的一首童谣：世间最难四月天，蚕要温和麦要寒，采桑却把日头盼，种田人家要雨天。

"小巷总理"的工作就应该多考虑一步，依法取缔了当然最简单，但又有多少家庭因此陷入困境。云先至抬头看到朐阳门广场，有了个主意：广场前空地很大，如果能在那边临时建个菜市场，居民和村民都很方便，再由社区负责管理，问题可以解决。他回去就写这份报告。

路上，云先至看到馒头铺正在蒸馒头，一排的液化气就摆在门口，在烈日下曝晒。

云先至走进铺子里。

"主任，吃馒头？"

"吃什么馒头，太阳那么高，你把液化气放大太阳下晒？万一出个什么事，哭都来不及，赶紧搬进来。"

路边，陈老太用拐杖指挥着一个卖山芋的。

"这个，要这个，还有这边这个个儿大。"

卖山芋的问："您老这么大岁数还自己出来买菜呀？"

陈老太说："能有多大？我才八十七。"

陈老太掏出一张五十元的，放在眼面前端详了半天。

"哎，大青年，你看看我这张是十块的还是五十的？"

"十块的，十块的。"那卖山芋的急忙拿过陈老太手中的钱，"我给您老找三块。"

一个中年人指着小贩，"老人家明明给你是五十的，你缺不缺德，老人都骗。"

小贩瞪着中年人。

"就是十块，你哪只眼看是五十的？"

云先至走了过去。

陈老太看他过来，忙说："主任，你来管管这小贩，不地道。"

云先至问："老太太到底给你多少钱？"

还没等小贩回答，围过来一群买菜的大妈。其中一个认识那个中年人，"这是光明眼科医院的管院长，专门治人眼病的，他还能看错？赶紧的，把钱掏出来，要不我们报警了。"

大妈们有着特别能战斗的优良传统，东一嘴西一嘴的，很快那个卖山芋的就消灭在人民战争的汪洋大海中。他扔下五十块钱，蹬上三轮，溜了。

2. 赵教授的秋天

赵千山发现，一到秋天开学，总是下雨。雨点不大，稀稀拉拉，没有暑假听雨那种雨打芭蕉落闲庭的感觉，有的只是郁闷。

教师节，学校举行全校书画比赛。赵千山精心创作了一幅牡丹，为了避免把牡丹画成大红大绿那种俗气的商品画，他精心画了幅墨牡丹。能把墨色表现出酣畅淋漓的层次感，那绝对是对笔下功夫的考验。会画画的，谁不会画牡丹？能画墨牡丹的却凤毛麟角。

由中层干部组成的评委会，一致认为赵千山的画黑不溜秋的像几个大墨团涂在宣纸上，创作态度极不认真，给了个"鼓励奖"。只要参赛的老师，再不济的都得了三等奖。只有赵千山和后勤处的朱珠得了优秀奖。朱珠的作品不知用毛笔还是刷子写的，歪歪扭扭的几个字，内容是：要扫除一切害人虫。朱珠比赵千山小两岁，今年应该四十三了吧。她和赵千山一前一后进了孔望山职业学校。朱珠的父亲当年在局里管人事，解决一个编制简单得如同日常三餐。赵千山家几代连个小组长都没出过，他有的仅是手里的一支毛笔。因此，编制对他来说遥不可及。年轻时的朱珠，从不正眼看人。曾有好事者想撮合他俩，刚想把这个意思表达出来，朱珠鼻子里发出一个单音节："哼。"

后来朱珠找了个对象，据说是什么局长的大公子。大公子在房管局管着一个部门，官不大，权力很大。谈了一年，俩人领了结婚证。赵千山记得那也是开学不久的一天，那天也淅淅沥沥地下着小雨，他正在办公室对着雨地里的金镶玉竹写生。朱珠拿来一摞结婚请帖请赵千山帮忙写。赵千山边写，朱珠在一旁边夸："赵千山，你的字写得好看，越看越好看。"刚写了七八张请帖，有个姑娘站在办公室门口喊朱珠。

望着站在门口的那女子，赵千山忽然就想到了一个词：妖娆，像是从《聊斋》里走出的人物。那女子的小腹已经隆起，应该是个孕妇。

"你是？"

"听说你要结婚了？"

"是呀，你是？"朱珠一脸诧异。

那女子冷笑，"我是？我是你要结婚对象的女朋友，肚子里就是他的种，他和我谈三年了，怎么会和你结婚？"

像晴空里忽然闪了一道炸雷，不偏不倚正好就炸到朱珠身上。这以后，朱珠看人的眼神就有些呆滞。经常一个人在办公室织毛衣，织好后再扯掉重织，周而复始，自得其乐。没人愿意和她一个办公室，她就享受了校长待遇，一个人在行政楼顶楼最东头独占了一间阳光房。下面有几个主任不满意，说朱珠是闲人一个，独占一间办公室不合适。校长觉得有道理，就让朱珠搬出来。朱珠坐到校长办公室，什么话都不说，就是织毛衣。织半小时就走到校长身旁，将毛衣放在他身上比画比画，然后继续织。三天后，朱珠就回到原来的办公室。

教学秘书把每个老师的奖状和奖品都领回来，优秀奖只有奖状没有奖品。有好事者上前作揖："恭喜赵教授。"大家都噘嘴朝赵千山笑。赵千山老叽叽歪歪说自己是海州城画家，什么狗屁画家，学校的比赛连三等奖都得不到。

赵千山把荣誉证书撕个粉碎，怒气冲冲去了行政楼，走到行政楼台阶的一半就折回来了。行政楼的台阶设计得妙，一层一层的，像花果山的十八盘。这样设计也是匠心独具，能给登上台阶心生怒火的人有足够思考空间。走到一半，登高望远，心胸开阔，或许，自己就把事情想明白了。这就给领导们省出很多处理纠纷的时间。

赵千山知道，他不能像朱珠那样。朱珠有编制，他就一临时工。如果他去行政楼骂街，嘴上、心里是痛快了，但第二天一早，他就会被学校以集体研究的一个决定压在五行山下。人在屋檐下，岂能不低头？想到这里，赵千山不由叹了口气。

赵千山不受领导待见是从一棵树开始的。校长姓冯，叫冯彬彬。以前是一所大专学校的教务处长，后来到孔望山职业中学当了校长。那天，冯校长走进行政楼，打了个寒战，接着是一连串的喷嚏，浑身鸡皮疙瘩都竖起来了。尽管窗外阳光灿烂，他却感到楼道里是阴森森的。冯彬彬到学校三个月了，总觉得这里的风水不好，四四方方一座校园，中间一棵大银杏树，整个校园就像一大写的汉字"困"。

这棵银杏成了冯校长的心病。银杏确实太大了，几十年的树，四个人都抱不过来。但怎么看，他都觉得不舒心。要是把树砍了，总得找个由头。

孔辉恭恭敬敬地站在冯校长桌边，冯彬彬背对着他，眼睛盯着那棵银杏，嘴里小声嘟囔着："砍，砍。"孔处长对领会领导意图有惊人能力，几任校长都对他委以重任。

孔辉向冯彬彬汇报："常有不轨的男女学生躲在大树后面亲嘴，树太大，监控都照不到，严重影响学校的管理。"冯彬彬迅速转过身："你这个提议十分及时，非常必要，安全隐患问题马虎不得。周一例会你要对这件事做重点发言。"

办公会上，孔辉列举了三十二条银杏树的危害。其中包括：某领导来学校视察，经过路下，树上的鸟屎落到了领导头上，造成恶劣影响；退休职工王某被树上落下的白果砸到，直接导致神经衰弱、消化系统紊乱、大肠杆菌超标；有个女教师在树下摔倒，造成流产……他越说越激动，到最后几乎是声泪俱下地痛斥。他义正严词地恳求领导砍树，好像这棵树和他有不共戴天的仇恨，必须诛之而后快。

听了孔辉的发言，参加会议的人都云里雾里的，不知道这小子哪根筋搭错了，或者是早上吃了什么不消化的东西，整个表演像是一个精神病人自言自语，东一榔头西一棒槌，一句也不挨着一句。

只有冯彬彬对他的发言十分满意。

冯彬彬说："孔处长的发言可以说是振聋发聩，同志们，安全是校园首要大事，什么都要服从安全的需要。我认为孔处长的建议是十分及时的，我们的工作就是要落到实处，抓好抓实，要千方百计为群众解决难题。对这棵大家反映强烈的银杏树，不管有多大困难，我们都要马上解决！"

一群人心里嘀咕：好好的一棵树，砍它干吗？几个副校长面面相觑。这棵老银杏好呀，果子是奶白色的壳，里面的肉很香糯。每年，孔辉都会拿几十斤的白果给他们，放在炉子上煮。晚上坐在椅子上边剥着吃，边听音乐。音乐好听，果肉也好吃。那白果味道正宗，纯绿色食品呀。

但，谁会为了一棵不言不语的树去得罪人？犯不着。于是，砍树的事就定下来了。

后勤的李小跑带着两个扛电锯的工人站到树边。

两个工人连声说："可惜，这么好的树，要不把树给我们吧，互相都不给钱了。"

李小跑说："让你们砍树就砍树，废那么多话干吗，叫干什么就干什么。"

赵千山路过那里。他十分诧异地问李小跑："这是干吗？"

李小跑没好气地说："干吗？砍树！"

赵千山说："李小跑你疯了，好好的树为什么要砍？"

"怪就怪这树没背景。"

李小跑乜斜着他，"你操那么多心干吗，领导安排干啥就干啥。不要说一棵树，就是拆楼，我们也是立马动手。"

赵千山望着银杏，叶子已经开始泛黄，如一把一把的扇子展开，阳光落在树梢上面，几近透明，叶片如展翅的蝴蝶迎风摆舞，像是彰显着自己的活力和生命力。

赵千山急了："李小跑，这树千万不能砍。"

李小跑瞪着他："你说不砍就不砍，听你的还是听校长的?"

赵千山说："你等一下，十分钟，就十分钟，如果砍了你要倒霉的。"

看着风一样冲进来的赵千山，冯彬彬吓了一跳。

"什么事?"

"那树砍不得……砍不得。"

"这是校长办公会集体定下来的事，你说不砍就不砍了。"冯彬彬阴着脸。

赵千山说："学校里的乘搓亭是抗日战争时期党组织活动的地方。"

院长摆摆手说："这个还用你说，我知道。"

"这棵银杏曾救过一位老革命。老革命的儿子现在是分管教育的首长。"

冯彬彬吃了一惊。一年前，首长曾来学校视察，好像就是站在银杏树下和他们合影留念。

冯校长急了，这树原来也有背景，砍了恐怕会犯错误。他鬼急忙慌地和赵千山跑下了楼，一路上还埋怨他："你怎么不早说?怎么不早说?"

校长站在银杏树下指着李小跑："你砍树之前为什么不向我汇报，你是怎么办事的?"他劈头盖脸地骂李小跑，李小跑蒙了，霜打的茄子一样站在那里不吭声。冯彬彬也不是生李小跑的气，办公会上十几个人竟然没有人提醒他，居心险恶，明摆着要他

78

难堪。

银杏树摆脱了厄运，赵千山的厄运却从此开始。校园里的头头脑脑们不正眼看他，很快就产生了多米诺骨牌效应，即便不是头头脑脑，能管着点儿事的群众也不待见他。众口铄金，积毁销骨，赵千山去食堂打饭，同样的饭菜，他的分量就比别人少；分苹果，他那筐也是个头最小的。

赵千山的办公室被调整了，他和朱珠一个办公室，两人共用一张办公桌。那张办公桌很小，上面堆满了朱珠的私人物品，主要是毛线和编织有关的工具。赵千山只得把他的文房四宝胡乱堆到桌子下面。朱珠本来就比赵千山高，她的椅子上又加了一层厚厚的棉垫。赵千山坐的是教室里搬来的长板凳，坐在上面，越发显得矮小。朱珠看他，就有了俯视的感觉。朱珠对他的到来，没有表示欢迎，还好，也没表示出厌恶。她目光呆滞地看他一眼，依旧面无表情地继续织她的毛衣。

静，凝固的静，尴尬的静。

赵千山发现橱顶上有一本书，用扫帚扫下来，是一本没有封面的《西游记》。电视剧他不知看了多少遍，却从来没有认真读过这部经典，为了打发无聊时间，他一页一页都翻起来。

以前，赵千山很少喝酒，现在每天都咪二两。有时，早上也喝。不知什么时候开始，他不爱刮胡子，任凭它们疯长，一件外套能从学期开始穿到学期结束。以前，他只是羡慕猴王的勇敢。现在再看《西游记》，却品出了不一样的滋味：猴王经历五行山下五百年，又被戴上金箍，还因为与领导发生冲突被开除出队

79

伍。当再次回归组织的时候，赵千山琢磨那时的猴王应该属于一只中年猴。赵千山发现，猴王有了质的改变，不再逞强斗狠，一切服从领导的安排，一路上主要工作就是找关系把领导捞出来。求人的过程还要显得艰辛和无奈，让领导觉得这个同志可靠，还能让更大的领导看到他的工作业绩……

赵千山漫无目的地在二营巷走着，到了中大街。中大街热闹，各地的小吃都在此集中亮相。炸鱿鱼、蒸水糕、卖面筋、炒凉粉、摊煎饼、槐花饼、桂花糕。土著的、外地的、西方的，土洋结合，中西合璧。

赵千山忽然想吃鸡毛靠子，找了半天，街上没有卖。以前，陈老太就在中大街卖鸡毛靠子，那香味从中大街一直飘到二营巷，每当有剩下的，就给他和包三姑送去。这两年，老太太很少出门，一直是包三姑照顾着。

"赵教授，忙啥呢？"

赵千山抬头，裱画的小蒋正龇着牙朝他笑，两个大板牙黄澄澄的。小蒋站在作君裱画店门口，手里拿着一个画框。赵千山好几年都没到小蒋的裱画店。

"进来坐，进来坐。"小蒋殷勤地喊着。

蒋作君裱画店不是门面房，把沿街住房的窗户改成门，就成了一间门面。裱画店这间房是他老丈人的，每个月蒋作君也要按时给老丈人交房租。小蒋不高兴，经常在媳妇面前唠叨，继而就数落老丈人的种种不是。小蒋一絮叨，俩人就干架。小蒋人单薄，媳妇人高马大，站在他面前像一堵墙。所以，战斗的结果经

80

常是小蒋落荒而逃。有时，小蒋先发制人，上去扇她一巴掌，扭头就跑。然后，二营巷就飘荡着小蒋媳妇响彻云霄的哭声和骂声。

小蒋的裱画店门脸不大，很多时候他都是站在门口忙活，一张张已经上了板子的书法或者国画就胡乱堆靠在门口的墙上。他裱的这些"墨宝"，根本不担心被人顺手牵羊。店里没有让人耳熟能详的大家作品，甚至勉强在一个省或者一个市被称为"著名"书画家的作品都很少。一般人肉眼凡胎的，就是顺手拿根葱什么的，都比拿小蒋店里的这些染上墨汁颜料的纸有用。

赵千山走进店里，扫了一眼墙上。墙上挂着的大多是民间草根的作品，有的根本就没裱，就用一根钉子钉起来。这也表明了小蒋的态度：这堆玩意儿还不够镜框成本。赵千山虽是科班出身，但也属于"民间书画家"系列。所谓民间书画家，既不是画院里的专业画家，也没有书协美协主席、秘书长什么的头衔。专业书画家社会知名度、影响力大，润格都是按"平尺"计算。一平尺的价格赶上草根们一平方公里的。

"赵教授，把你的墨宝拿几幅过来，我替你卖，也不赚你钱，卖出的钱都归你。"

赵千山望着他："你小子改肠子了，不赚钱，你做慈善啦。"

"主要是你赵教授画得好，墨宝放在小店里，蓬荜生辉。"

"少扯淡，你这小店也开十几年了，我以前也经常在你这儿裱画，也没看你帮我卖出一张。"

店里挂着几张康庄装裱好的作品。康庄是海州书画协会的副秘书长，刚开始写字的时候跟着赵千山学过两个月的"多宝塔"。两个月后觉得写楷书没意思，草书写起来带劲，便改换门庭临写张旭的狂草。赵千山曾经对他说，没有基础上来就写草书，最终是"野狐禅"。康庄却不听劝，一头扎进草书的艺术世界里。半月后，康庄的草书就在全国的书法比赛中获奖，后来每隔几月他就得一次大奖。每次得奖，康庄就寄给举办方几百块钱，然后获奖证书就雪花般飘来。有一次，康庄打破纪录给组委会寄去两千元，得到了一个"世界金奖书画艺术家"的玻璃奖杯。

赵千山仔细瞧了瞧，墙上挂着的康庄写的唐人七言绝句，一半字都是错误的。草书不是乱绕狗尾巴圈，要讲究法度，多一笔少一笔都是错字。这话赵千山多次告诉康庄。

赵千山心想，这字老鬼买。

赵千山说："你裱功见长呀，这作品和新裱的一样。"

"可不就是新裱的。"

"我记得康庄以前也放过一些作品在你这里，都拿走啦？"

"都卖了，他的字好卖，每个月都能卖出去几张，月底我都去给他结账，结账时就要聚一聚。下次你也参加。"

赵千山一脸的狐疑，"能够吃饭的钱?"

"每张两百不还价。"

赵千山很吃惊，"都什么人买他的字?"

"买他字的人兵种杂，什么人都有。"

康庄负责什么许可证的发放，虽然只是个科员，却是"金不换"的差事。局长说他擅长书法，要提拔他去宣传处当副处长。

康庄托了好多关系求局长不要提拔他。局长对他说："找我的都是想要提拔的，小康的觉悟很高嘛。"康庄笑容可掬地说："我就不是当官的料，还是适合干业务。"

裱画店门口开来一辆车，停在小蒋的店面口。车上下来一个戴墨镜的人。小蒋刚要发火，那"墨镜"已经进门了。一进门就嚷嚷："买康庄的字，赶紧开收据。"

小蒋问："墙上这些，你要哪一张？"

"墨镜"说："随便，随便。"

小蒋望了望"墨镜"，又望了望赵千山，说："本店独家经营，两百一张，绝无二价。"

"墨镜"一个劲儿嚷嚷："别废话，赶紧开收据。"

"墨镜"拿起收据走了。小蒋在后面嚷："喂，喂，字还没拿呢。"

那人没有回头，失火一样往车里钻。

8. 包三姑的冬天

陈老太被送去抢救的时候，不知从哪儿冒出一批孝子贤孙。

陈老太太已经九十了，自己常在包三姑面前念叨："三姑呀，我恐怕灯油要燃尽啰。"

包三姑说："您过百岁跟玩儿似的，别瞎想。"

陈老太说："如果土地爷让我过百岁，我也不过，我把十年的阳寿让给你。三姑，老太婆都麻烦你这么多年了，人老不能不自觉。"

包三姑笑，"土地爷是你家亲戚？他听你的?"

陈老太说："也快成亲戚啰。"

电视新闻里正在报道中国兵乓球队获得世界冠军，领奖台上的运动员高唱国歌，五星红旗冉冉升起。

包三姑说："那你让他老人家保佑我不要包包子，让我也能登上领奖台，也能升回国旗，奏回国歌。"

陈老太笑。

云先至走到，听到陈老太的笑声。刚想进门，小金拦住了他。

"云主任我家又漏了，天花板都掉下来了，要出人命了。"

小金家住在车辆厂的宿舍楼，一个老式四层楼的顶楼。

云先至去了厨房。厨房的天花板正在往下滴水，天花板上大面积的霉斑，有的地方已经脱落。

小金嚷："云主任，你看看，这里还能不能住人，脏水顺着墙面流，天天要擦，屋里整天臭烘烘的。"

事情比较棘手。两栋孤零零的宿舍楼没有物业，楼下下水道堵，楼顶漏水。以前都是小范围漏水，自家找人修补一下。现在越漏越厉害。云先至找过懂工程的熟人来看过一次，主要问题是楼顶没做防水设施，一到雨天各家就成了"水晶宫"。维修房顶的工程可不小，已经远远超出他一个社区主任的能力范围。但让居民整天泡在水里，他这社区主任的工作就没做好。

"小金，情况我两周前已经去办事处反映过了，下午我再去办事处，请办事处赶紧去住建局协调解决方案，这事不能拖，谁家都受不了。"

云先至的手机响了。赵千山告诉他，陈老太恐怕不行了。刚刚陈老太还和包三姑有说有笑，忽然从椅子上摔下来。包三姑慌忙打120。

白虎山开粮油店的小马说，陈老太太和他说过，由他替老太太送终，三间房归他。还有一个头发烫得跟鸡窝一样的妇女说自己是陈老太的干闺女。

陈老太一辈子也没受过这样的待遇，几拨人争抢着来伺候她，唯恐落后。这天，小马和"干闺女"都来给老太太送饭，两人在医院的走廊上打了个对面，两张嘴都用恶毒的语言攻击着对方，都说对方不要脸。

小马说："我马上就把老太太接家去，咱不治了。"

女人说："老太太跟你八竿子打不到一起，我可是把她当亲妈一样，我不像你没人味，我不图她的房。"

云先至过来，"二位，告诉你们一个好消息，老太太醒了，以后有你们尽孝的机会。"

两人奔跑到了病房。陈老太已经能坐起来，漠然地望着飞奔过来的两人，然后向他们拱手，"谢谢两位来看我。"陈老太继续和云先至和赵千山说话。当两人听到陈老太要把自己的房留给包三姑时，一哄而散，中午饭也没留下。

陈老太对云先至说："我要回家。"

云先至说："您刚好点儿，我看还是在医院好。"

陈老太态度坚决，不容置疑地说："我要回家，我要回家。"

到了二营巷，陈老太让赵千山立个字据，云先至和赵千山当证人，她要把房赠送给包三姑。陈老太说："这些年如果没有包三姑端茶送饭，帮我洗呀涮的，我早没了。就是亲闺女也赶不上她，包三姑就是我闺女。"

云先至说："这事应该通知包三姑吧。"

赵千山说："这属于馈赠，不用她到场。"

陈老太说："要不同意呀，云主任你硬塞也要把房本给她。我走了，一把火烧了就行，不能再给人添麻烦了。叫三姑不要买骨灰盒，不要买墓地，我住不起。把我骨灰撒在院子里的桂花树下就行，每年我还能闻闻桂花香。"

云先至和赵千山的眼泪在眼眶里打转。

陈老太颤颤巍巍地签上自己的名字，又按上手印。忽然就说不出话来，她用手指了指镜子，云先至看了看镜子，镜子上有个囍字，囍字的半边已经脱落。老太太张嘴，嘟嘟囔囔，云先至和赵千山都没听清楚她最后说了什么。

李加海来找赵千山，他要操办陈老太的后事，并且所有的费用都由他一个人负责。

包三姑坚决反对陈老太的丧事由李加海来办。

"他算什么东西，一个小痞子，赚两个昧心钱麻木上天了。"

云先至来福音堂。本来想告诉包三姑房本的事，但想起老太太的叮嘱，话到嘴边又咽回去。

他问："三姑，陈老太的丧事你看怎么弄？"

"老太太苦了一辈子，我一定要让她风风光光地走，我就是砸锅卖铁，也要把丧礼办好啰。"

"老太太临走专门嘱咐我，不要让你再麻烦了。而且现在都提倡厚养薄葬，你和陈老太非亲非故，能照顾她这么些年，不容易呀。现在李加海主动出面要承担这个事，他干这个专业，你看……"

"李加海这小兔崽子，从小就不是东西……"包三姑把刀"啪"地剁在刀板上。

包三姑脑子里忽然就闪现出死去的丈夫、失踪的包小翠。这一切的罪魁祸首都是李加海。

"三姑，有些事你可能不清楚，这些年陈大娘的电费、水费什么的都是李加海帮交的。对外都说是五保户免水电费，哪有这个政策？只是李加海不让说。"

"他装什么好人，狗改不了吃屎。"包三姑狠狠地骂道。

"李加海以前是犯过错，咱们也不能一棍子把人打死是吧，这些年李加海怎么样，你包三姑是心里跟明镜似的。"

"癞蛤蟆上公路——冒充大吉普。"包三姑说话夹枪带棒，"主任，不是我驳你面子。这事，门都没有。"

云先至出门的时候，一辆大奔停在福音堂门口。丁三太从车里下来，嘴里叼了根中华，身上的西服在太阳下反光，照得云先至眼花。丁三太头发梳得苍蝇站在上面都打滑。云先至一时想不起来这土豪打扮的人是谁，看他进门的时候，把烟扔在地上，吐口痰，使劲用脚踩了踩。

"三姑好！"

包三姑望着他："你是？"

"我，我是三太呀，丁庄的丁三太。偷过你家包子还被你逮过呢。"

"嗯，我想起来了，你和李加海那兔崽子是一起的。"包三姑冷冷的，"你来干什么，来打人？"

"三姑，法制社会，咱都文明人。"丁三太撇着普通话。他以为把海州方言一板一眼地慢慢说就是普通话。

"呸。"

包三姑的脸，开始由红变黑。丁三太做建材这些年，什么样的脸色没见过？多大事？丁三太不在乎，只要能达成目标，再难看的脸色他都觉得好看。

"三姑，我今天也不是没事找锅炝，我就来多嘴说一句，你知道当年李加海为什么会坐牢？"

"他坐牢是这小兔崽子坏事干得太多，关我屁事，我没时间听，你趁早走。"

包三姑边说边拿擀面杖往外轰人。

"是因为包小翠。"丁三太忽然提高嗓门。

包三姑愣住了。

丁三太嘴里絮叨着一段鲜为人知的往事：

那个被李加海点炮仗的男孩是包小翠的同学。那男孩戴个眼镜，高鼻梁，小眼睛，头发自来卷，猛一看，有点儿像费翔。在街上无所事事的李加海和丁三太多次发现他们两人走在一起。一个傍晚，太阳还没落山，就在巷子里，李加海发现那男孩和包小翠抱在一起。

李加海上去就扇了男孩一巴掌。

"滚。"李加海恶狠狠的。

那男孩一看是李加海，魂都吓掉了，掉头就跑。

包小翠对李加海说："关你什么事？你要再打他，我就和你拼命。"

包小翠扭头走了。

丁三太说："大哥，咱管这事干吗。你看，两人都满脸的青春痘，一看就是内火旺。没骟过的羊，脾气都大。人家两人排排火，去去毒，发泄一下，是互相帮助，碍咱什么事，咱不是脱裤子放屁嘛。"

李加海说："你也滚。"

高考前两个月，包小翠发现自己的异常。她慌了，赶紧去找男孩商量。

在男孩家楼下，男孩亲热地拉过小翠的手，"家里没人，咱们上去。"

包小翠没说话，跟着男孩上楼。男孩哼哼着："你就像那一把火，熊熊火焰燃烧了我。"

在男孩的房间，男孩抱住了包小翠。

一个月前的一个下午，也是在这间房间里。男孩望着包小翠，眼神里好像有闪电，两束光彼此引导彼此交缠的闪电，闪电过后是轰轰的雷声，雷声滚过青春的身体之后还有暴风骤雨和一泻千里……

"别闹，我有事情对你说。"

包小翠推开他。

"我可能怀孕了。"包小翠小声说。

"什么？"男孩的手还在扯她的衣服。

"我可能怀孕了。"

男孩一惊，手触电一样缩了回来。

"怎么会？怎么会？不可能呀，就一次，怎么会怀孕？"

"是真的。"

男孩嘟囔着："不是我的，不是我的。不要找我，不要找我，肯定是别人的。"

包小翠一脚把男孩蹬到了地上，抬手给男孩一个嘴巴。

男孩反复嘟囔着："肯定是别人的，是别人的，不是我的，不是我的。"

包小翠一个人呆坐在巷子里的柳树下，眼神呆滞。李加海骑车从她面前过，包小翠在哭。李加海又回来，包小翠坐在那里，眼泪涌出眼眶，沿着脸颊唰唰地流，流到嘴里，流到脖子里，流到胸口，一滴一滴落到了地上。

"你哭啥？谁欺负你了？告诉我，我夯不死他。"

包小翠不说话。

"是不是和你一起的那个卷毛?"

包小翠还是不说话。

第二天晚上,李加海告诉包小翠,他把卷毛打伤了,要离开二营巷躲几天。

当天夜里,包小翠也失踪了……

丁三太告诉包三姑李加海为了帮小翠出头,如何教训卷毛,绘声绘色地讲到俩人逮卷毛这一段,丁三太咽了唾沫:"我去追,那男孩死命跑,一脚被我踹烂泥地上去了,半天没爬起来……"说到这儿,他抬头望包三姑。包三姑猛地抽了自己一个嘴巴,然后直直地掼在地上。

海州城的冬天像小孩子的脾气,谁都不知道他什么时候高兴,什么时候翻脸。上午还红花大太阳感觉春天就要到了,美滋滋地把厚厚的棉衣换下。一阵风刮过,雪花就飘起来了,冻得咬牙切齿的行人在雪地里边走边骂。

又下雪了。整个海州城暗了下来,街道两旁的楼都被风刮得不见了踪影。包三姑感觉这雪不是落下来,而是一团一团砸下来。包三姑穿了新买的羽绒服,感觉还是冷,针刺进骨头一样冷。她骑自行车去买白菜,风迎面刮来,像是扇她耳光一样。那辆车是包三姑结婚时置办的,骑在上面像演奏一场交响乐。按年龄来算,这车比包小翠还大三岁。想到包小翠包三姑心里就钻心地痛。

昨天,包三姑在通灌路上,有人喊她。她回头,是柳田田。

91

柳田田是包小翠的初中同学。初中的时候柳田田每天都去找包小翠一起上学。两个小丫头虽然好得像姐妹一样，但性格差异却很大。如果用京剧里的唱腔来形容，柳田田就像京剧里急急的二黄原板，包小翠就是一字一顿的慢板。初中毕业时，柳田田报了一个中专学校。本来，包三姑和柳田田都想让包小翠报中专学校。包三姑还让柳田田专门来家里动员包小翠考中专。那时中专文凭含金量很高，中专生毕业后国家包分配，而且是国家干部。因此，中专学校的成绩比重点高中的分数都要高出好多。两人的成绩都很好，都能考上中专。但包小翠非常坚定地要考高中，她对柳田田说了一句颇有诗意的话："我听到的鼓点和你不同，就让我跟着自己的节拍走吧。"

柳田田从毕业后，分配到了一家效益福利都很好的事业单位做会计。柳田田带着一对龙凤胎儿女在通灌路上散步的时候，看见了包三姑。柳田田让孩子们喊包三姑："外婆。"孩子们甜甜地喊了声："外婆。"包三姑搂着那两个孩子，欢喜得不得了，给孩子买了糖球和棉花糖。包三姑叹了口气："丫头，看你多好，要是小翠在，孩子也应该这么大了。"

以前，她只会问女儿饿不饿，考试考了多少分。对女儿其他的事竟一无所知，既没看出闺女的情绪不对，也没看出她身体的变化。她这当妈的是眼瞎。

包三姑躺在福音堂的竹制藤椅上，院子里走进来一个年轻的母亲，还带着两个孩子。那个丫头径直走进包小翠的房间。包三姑刚要发火，她甜甜地对包三姑喊："妈，我回来了。"然后，躲在身后的一对儿女眨着小眼睛，怯生生喊她："外婆……"

"外婆，外婆。"包三姑被两声清脆的童声唤醒。是柳田田的两个孩子喊她。包三姑忽然哭了起来。柳田田愣在那里，不知该说什么。柳甜甜的女儿走到包三姑的面前，用小手给她擦眼泪。

"外婆生病啦，外婆坚强，外婆不哭。"

包三姑搂住那孩子，"乖，再喊一声外婆，再喊一声外婆。"

到了菜市场，包三姑感觉冷得抽筋，风像刀一样一个劲儿地往她后脊梁上刮，一刀又一刀。一路上老有人朝她望。卖菜的远远地就和包三姑打招呼："三姑，你演的哪一出？"

"什么哪一出？"

"你看看你身后面。"

包三姑回头一看，身后的鸭毛在寒风中自由地飞舞。她昨天在路边三十块钱买的羽绒服不知什么时候被风扯了一个大口子，那些不安分的鸭毛从里面努力钻了出来，一路飞舞。

从菜场回来，包三姑开始发烧。先是吃感冒药，烧得却越来越厉害，常常莫名其妙地晕倒。包小军背她去社区医院挂水，连续挂了几天还是不见好。社区那医生把桌上的书都翻烂了，也说不出个名堂来。一天夜里，包三姑又晕倒了，而且是一天晕倒两回。包小军赶紧打120。

包小军两口子在治疗的医生面前晃来晃去，一个劲儿地问医生："没事吧，没事吧。"

那医生望着他俩："没事？没事能让救护车送来？"

包小军看着医生胸口挂着的工作证，医生姓周，他放心了。周家在海州世代行医，包小军估计眼前的这小伙也应该是周家的后代。但他的普通话时不时地带出东北大碴子味。管他呢，姓周就放心。周医生三针就把包三姑扎醒了。包三姑盯着医生望，"医生，我得了什么病？"周医生告诉包三姑一个奇怪的名字。名字很长，包三姑记不住。

医生对包三姑说："你这病是慢性病，一时半会儿也好不了，慢慢调理。不要生气操心，不要瞎想，要保持心情愉悦，饮食有规律，经常锻炼。您老体重一定超标了，有钱难买老来瘦。简单说，管好嘴，迈开腿，定期来医院复查。"

包三姑说："我可不是小蒋，到处乱传话，我嘴严着呢。"

医生笑，"我是让你少吃多餐，每顿七分饱。"

李加海的春天

李加海最喜欢吃的就是鸡毛靠子，去饭店必点这道菜。每次吃完总摇头："差点儿味道，炸得火候不到。"

李加海是海州城的"土工"。什么手艺都讲究师承，这样才显得传承有序有仪式感。李加海是在监狱学的殡葬这行，师父是段二爷。拜师都该是徒弟向师父磕头，这才算把师父领进家门。李加海拜师却是段二爷向他磕的头。

段二爷和包三姑的丈夫老段是亲戚。虽说是亲戚，又不是直

94

系亲属，虽然不是直系亲属却又没出五服，断了骨头连着筋的。只不过，段二爷和包家几乎没有来往。段二爷去过包家一次，包大奶让老段远远地去巷口等着，不是表示隆重，而是不让段二爷进门。包大奶说，让一个土工来家，不吉利，在巷口的那棵大松树下说说就行了。老段是老实人，老实也分三六九等。有的老实人是厚道、本分，心里存着公理；有的老实人是唯唯诺诺，没有主见。而老段属于老实窝囊的那种。他已经习惯在包大奶的呵斥声中生活，包大奶的呵斥如同一日三餐般平常。哪天要是不挨包大娘诅咒，这一天就显得不那么完美。

两人在大松树下说了半天，开始还是和风细雨，不知聊到什么话题就变成了暴风骤雨了。老段的脸憋得通红，一摊烂泥样地倚在树上。二营巷的人都听到了段二爷歇斯底里的喊声："你个窝囊废，你不是个男人。"

从此，段二爷再没有来过包家，直到包大奶和老段去世。

哪一行都有哪一行的规矩和门道。段二爷对海州城丧葬礼俗了然于胸，从报信、搭灵棚开始到吊丧、扯孝、送汤、落葬、报七每一环节都有讲究。他在这个行当中绝对属于权威。海州城的周老太爷一百零一岁时去世。周老太爷五世同堂，两个儿子四个闺女都是海州城有头有脸的人，每个闺女都带来一套"六苏班子"。这六苏班子海州城也叫"吹鼓手"。每个班子固定由六人组成，两人吹唢呐，一人吹笙，一人吹笛或萧，一人打大镲子，一人敲鼓。四班吹鼓手赛着吹，整个海州城飘着唢呐声。这几班吹鼓手都不是大角，没有一家会吹《百鸟朝凤》的。乐曲当中还飘荡出《真是乐死个人》。两个儿子各请了个主事的。一山不容二虎，两个主事的在灵堂叽叽哇哇地吵起来了。

一个说："给侄儿的孝帽应该是两个角。"

一个跺着脚说："你懂个屁，就是一个角。"

本来是专业讨论，属于学术问题，眼看着就要动手。周老太爷的大孙子和段二爷有些交情，赶紧去请段二爷。段二爷一进门，两土工就拉着段二爷让他评理。

段二爷瞪着他们，"两个角的叫'揸角孝帽'，一个角的叫'独角孝帽'。五服以内的侄儿的孝帽一个角两个角都可以。孙子辈应该戴团顶孝帽叫'一把抓'，曾孙子辈也应该戴'一把抓'，但应该挂红，在帽子顶上系一根红布条，老太爷百岁是喜丧。这点儿规矩都不懂，还有脸吵吵。"

段二爷是这行的权威，他这样一说，两个土工大眼瞪小眼不吱声了。段二爷瞥了一眼灵堂，大幅的"灵"字外，还配有一副对联："雨中竹叶含珠泪，雪里梅花戴素冠。"

"这'灵'字谁写的?"

主家答："海州城书画名家蒋云方写的。"

"我管他什么家，不懂规矩。这个灵不能用笔写。须先用芝麻铺成字形，然后喷上均匀的墨汁，再用鸡毛扫去芝麻，显出阴字'灵'来……"

关于海州城的地方风俗，比如结婚生孩子什么的，上了年纪的老辈人都懂一些，一生中的大事情。每个普通人的历史，即便如沙砾一样不起眼的人生，结婚生孩子这些事都会印象深刻，占据记忆中最重要的地方。轮到殡葬登场，人生大剧闭幕了。关于种种注意事项以及繁文缛节，主角已经不可能发表意见，经历其中的人也没有兴趣对细节进行记录，以供日后回味。谁愿意回味这事？

段二爷几乎每日都有小酒喝，都有好烟抽。烟多的时候，段二爷会扔一包给路边炸油条的女人。那女人也抽烟，黑黢黢的脸和菜籽油一个颜色，看不出年龄。有人说她还不到四十，谁知道呢？那女人的屁股极大，磨盘一样，站起来分不清楚哪是腿，哪是屁股。段二爷倒霉就倒霉在这个女人身上。一个夏天的中午，人们都迷迷瞪瞪的时候，那个女人披头散发地从出租屋跑了出来，大声喊救命，说段二爷强奸了她，手里还拿着段二爷的短裤和裤衩。一群人跟着女人进屋的时候，段二爷坐在床上，白床单披在身上，像是从石油世界来的。

警察提审段二爷。段二爷交代，他和女人好了一年多了。最近女人经常朝他要钱，说乡下儿子要结婚。上个礼拜已经给她五百，今天又要。段二爷这几日口袋不富余，拿不出钱来。于是，俩人就吵起来。

段二爷气急败坏地喊："你跟我啥关系？咱俩就各自解决一下需要，图一乐。"

女人一听急眼了，拿起他的裤子就跑了出来。

警察询问女人："你俩是谈对象？"

女人矢口否认："凭我这条件，什么样的找不到？咋会看上一个土工？"

警察笑，又问："有居民说，你俩每周都会在一起。"

女人说："嚼蛆。谁鬼嚼蛆我撕烂他的嘴。我守寡这么多年，你们去打听打听，过去贞洁烈女什么样，我就什么样。土工就是强奸。他垂涎我很久了，经常来油条摊子前占我便宜。"

听到女人说"垂涎"这个词，一个年轻警察笑出声来。他小声嘟囔着："也不自己照照镜子？"

女人一口咬定，段二爷就是强奸。

看着女人呼天号地的样子，手里又有证据。段二爷被判了八年徒刑，关进了五图河监狱。

段二爷岁数大，体力差，又没亲人。虽有手艺，但他那套手艺在监狱派不上用场。因此，境遇可想而知。段二爷的床铺旁就是尿桶。号头说："你他妈岁数大，晚上起来不方便，便宜你个老强奸犯。"段二爷成宿成宿地睡不着，隔一会儿，床边就响起哗哗的撒尿声。床上终日飘荡着尿臊味。段二爷偷偷报告管教，管教也对这老家伙不理不睬。直到李加海被关进五图河监狱，段二爷的日子才有了改善。床铺终于远离尿桶。为了报恩，段二爷决定把毕生所学口传心授，全传给李加海。

李加海一听急了，"老东西，谁跟你学那些破烂玩意儿，晦气不晦气？"

段二爷声音也提高了八度："加海，你不要看不起这行当。你知道这行的祖师爷是谁？"

"我管他是谁，学这个得打一辈子光棍，你尝着女人滋味了，老子还是大小伙呢！"

段二爷眼看着自己的手艺要失传，心里比刚进来时还要凄凉，他开始绝食。狱警让李加海去做工作，李加海端了馒头进去。段二爷扑通跪了下来。

"加海，海，你就拜我为师吧，我给你磕头，你不答应我就不起来。"

就这样，李加海成了段二爷唯一的嫡传弟子。

以前，海州城替人张罗丧事的都属于帮忙性质的，完事后拿点儿烟酒。如果主家塞个红包，主事的还要假装半推半就，嘴里嚷着："哎呀，客气什么，又不是外人。"话虽然这么说，但主事的手里却攥紧了红包，没有扔下来的意思。主家还要再次致谢，"拿着，拿着，应该的，应该的。"

李加海是海州城第一家在工商局登记注册的殡葬公司。公司叫"白虎山福寿堂殡葬服务有限公司"。经过段二爷传授的那套说辞李加海了然于胸，他又能与时俱进，不断进行整理加工。从设灵堂开始，到选墓地、火化、安葬，一条龙服务，把人家的丧事办得风风光光的。

专业的和业余的区别不只是一点点，李加海操办的丧礼既符合海州的风俗，又显得庄重考究，还能根据主家情况灵活删减。因此，很快就在海州城打开了市场。

李加海的第一单业务是白虎山东边磨盘巷丁三太父亲的丧事。丁三太年轻时和李加海是磕头的把兄弟。多年前，在孔望中学前面偏僻的巷子里，一个看上去斯斯文文的中学生见到李加海疯了一样，掉头就跑。李加海和丁三太一直追到白虎山的山边，

99

那中学生跑不动了，丁三太上去一脚就把他踢倒。丁三太亲眼见到李加海把那男孩的手捆了，四个高升塞进了男孩的裤裆里。他不知道李加海为什么会对那男孩下手那么重，眼看要出事。

丁三太问："大哥，出手咋这么狠，教训一下得了。"

李加海脸上的青筋暴起，眼珠都要脱离眼眶蹦出来，整张脸因为愤怒夸张地变了形。那是一张极其恐怖的脸，多少年后，丁三太回想起来还会打一个寒战。

"你走，事情是我一个人干的，与你无关。"

"大哥，教训两下得了，一个小屁孩，搞大了犯不上。"

"滚。"

丁三太看了那学生，尿已经顺着他的裤子滴到了地上。

"快滚。"李加海恶狠狠地喊。

丁三太走到拐弯时候，听到炮仗的爆炸声和男孩的惨叫……

磨盘巷虽只有百十户人家，巷子也有几百年历史。巷子窄，仅能两个人并肩走过。巷子里一排排密密麻麻的平房，房顶上是各路电线，看得人眼花缭乱。阳光从电线的缝隙里透过，将一片片金黄洒下。磨盘巷的巷口是一个小商店，可能是海州城最小的商店，一间临街的过道，一个小货架上胡乱摆着脚气神油、电灯泡和搓澡巾什么的，门口摆着一盆雪里蕻和两个大倭瓜、十几包榨菜味精。以前，机床厂退休工人老丁就会坐在土墙边，或者和一群老头儿侃大山，或者闭着双眼晒太阳。

丁三太先前开挖掘机，后来又倒腾土方，前几年在装饰城买了几间商铺卖装潢材料。丁三太是家里长子，年轻时虽然不着调，但做起生意来却是规规矩矩，而且义字当先。丁三太也孝顺，几次把老爷子接回家，还雇了个保姆照顾。没几天，老头儿准自己溜达回磨盘巷。以后丁三太再接老头儿去住。老头儿就喊："小子你要真有孝心，你就多回来看看我，我就住在这里舒坦。"

丁三太对李加海说："哥，一定要让老爷子走得风风光光的。"

李加海说："兄弟放心，你爹就是我爹。"

丁家的院子里搭起宽阔的灵棚。棺枢停在主屋里，灵棚是祭奠死者灵魂的场所。院子里竖一根长长的杆子，顶上悬挂纸做的天鹅，这是家中置办丧事的标志。丁家的灵堂门上挂竹帘，门外敲报丧钟。丁三太和媳妇从头到脚都戴白布，腰间束一缕麻或菖，身穿齐脚的孝袍，头顶一尺零七分的长白布，两端垂下地面。老辈人都知道这叫孝搭头。然后脚上要穿布鞋，鞋帮上要蒙孝布。

李加海还让丁三太领头去送"倒头汤"。每日早中晚各一次，送汤送到土地庙，庙中立纸糊的亡人牌位。这磨盘巷哪里来的土地庙？土地庙是丁三太按李加海的要求在磨盘巷和旗杆巷交界处用芦柴围成的一个临时土地庙，内设香案，立上亡人灵位。磨盘巷的人多少年都没看见过这样热闹的场景：丁家浩浩荡荡的送汤队伍，按辈分排成长队，由丁三太手拿引魂旗引路，连续三天九次。最后一次叫"了汤"又叫"齐汤"。送"了汤"引魂旗要放在土地庙内亡人牌位前，不能拿回家，然后用白纸把土地庙门封住。

最后一天，丁三太忽然想起老爷子腿脚不好，非得给老爷子扎个大轿车和花轿送过去。在磨盘巷的十字路，仿真的大轿车和花轿，被丁三太用蜡烛点燃，为了火势旺，又浇了桶汽油。然后，遮天蔽日的黑烟就冒了出来，经过这里的人都捂着鼻子。丁三太得意：谁家能有这么大排场？

丁老爷子的豪华葬礼，等于给李加海做了一回广告。与婚庆公司不同，李加海的业务更特殊。无论是否孝顺，老人的葬礼总要弄得风风光光，即使再抠门的人也不会对这笔花销讨价还价。而且，葬礼搞得越排场，花样越多，好像就越能证明自己是个孝子贤孙。

李加海的公司以前就他一个人，既是董事长又是业务员，一兼数职。后来，公司规模渐渐扩大，一个人忙不过来，在老街上租了几间门面，手下雇着十几个人。

殡葬这事，李加海是当事业来做的。既然是公司，就得赚钱。排场大，钱自然赚得多。但丁老爷子葬礼上那滚滚燃起的黑烟，总是在李加海的脑子里挥之不去。

公司要赚钱，却又不能单单只为了赚钱，如果就是为了赚钱而赚钱，这公司不会支撑多长时间。这一点，李加海十分清楚，搞经营办企业还得考虑更深远一点儿。至于怎么深，怎么远，他这时发觉自己是一肚子白米干饭，肚里没墨水，头脑空空的。

公司的会计安静问李加海："什么行业都要敬重自己的祖师爷。就像木匠敬鲁班，药店里敬孙思邈，小偷敬时迁一样。咱们殡葬行业的祖师爷是谁?"

安静是正规大学会计专业的毕业生。她这一问,把李加海问住了。

安静嫣然一笑:"咱祖师爷是孔老夫子。"

李加海说:"你鬼嚼蛆的吧。孔老爷子干过这行当?"

安静说:"'儒'即为'人需',而这个'需',当然就包含了丧事的概念。"

李加海说:"这个有点儿勉强,你不要欺负我没文化,赵老师也教过我背过《论语》,有朋自远方来,不亦说乎。三人行必有我师。我怎么不知道《论语》中有选墓地看风水的事?"

安静说:"怎么没有?你看《论语·述而》:'子食于有丧者之侧,未尝饱也。子于是日哭,则不歌。''崇丧遂哀,破产厚葬,不可以为俗。'"

李加海说:"什么黑话,听不懂。"

安静解释说:"孔子这段话,不仅表白了自己为官为人的品行,也稍稍透露自己从事过殡葬业,他非常注意讲究殡葬职业道德。不但业务精益求精,还注意兼顾丧户的利益和感受。办丧事喝酒,一律点到为止,绝不多饮,更不过量。"

李加海说:"你这丫头有潜质,说话一套一套。既然孔子是祖师爷。咱们店里就应该请他老人家像。我还收你做徒弟,把咱祖师爷的手艺发扬光大。"

安静说:"好呀,听说你师父是给你磕了头,你才当他徒弟,咱们要不就按规矩来。"

李加海瞪她。

五保户陈老太的丧礼是李加海一手操办的。

老人出殡那天，二营巷的老街坊们都来了。李加海请来了乐队，李加海走在队伍最前面，替老人披麻戴孝摔火盆。他的眼泪哗哗的，真像老人的亲人。

乔二对老高说："你看，李加海这小子业务挺熟练呀，演员一样，眼泪说来就来。"

老高说："这叫干一行专一行。你卤货为什么生意不好，就是业务不熟悉。"

"滚，就不愿和你拉呱。"

街坊们都认为李加海是专业干这个的，这样的场面已经司空见惯，眼泪说来就来。

李加海却是真心难过。他喊陈老太叫陈大奶。少年时，他没少偷过她的鸡毛靠子。有时候他觉得这老太婆是糊涂了，好像是把炸好的鸡毛靠子专门放在院子里等着他偷一样。

他出狱的那个大年三十，赵老师包完饺子回家了。这时，家家都看春晚了。李加海听见有人敲门，门口站着落了一身雪的陈老太。"陈大奶，这么晚了，您怎么来了？"陈老太太端着一碗炸得金黄的鸡毛靠子。"孩子，这是我刚炸好的，炸得多了，知道你回来了，你帮奶奶吃点儿。"

这是他和老太太一段鲜为人知的往事。从此，李加海发誓做个好人。

104

第三章 ｜ 双龙井与水糕

双龙井，原名沙井，也叫大井，位于海州古城朐阳门西侧，自秦东门南行千米便到。井南几米处，东西两侧各有一口小井，三井形成一个"品"字，因而又名"品泉"。南门外诸井皆咸，唯此井甘美，冬夏不竭。井内有两个石雕龙头，泉水从龙口中喷注不息。明代曾在此建"品泉亭"。双龙井最早开凿于明代景泰以前，迄今五百余年。《嘉庆州志》曾收录《陈宣州志》中的《明曹忠重修大井记》，明嘉靖年间又大修一次，清光绪三年重修。重修双龙井碑记至今犹在。沿着这三口老井修建成一个古色古香的小院子，亭台楼阁，曲水流觞，颇有江南园林的雅致。

　　水糕是老海州的特色风味小吃。各地也有水糕，但制作过程和原料都与老海州的水糕大相径庭。海州城隔几步就有一个做水糕的摊子。水糕从原材料转换成产品时间极短，只要几秒。在特制的如同微缩水桶一般不规则的圆柱形模子里放上糯米，再放在加热的大茶壶上，几秒钟后，一块水糕就从那小锅里磕出来。吃水糕要趁热，放在嘴里松软香甜。老海州的人搬家、考试、过年都要吃水糕。"糕"与"高"谐音，图个吉利，许个好愿景。

✎ 赵教授的冬天

一阵馨香扑鼻。赵千山抬头，窗外的那几株蜡梅已经开花，赵千山有了画画的冲动。昨晚，他的同学陈半丁给他发信息：拟聘赵千山为书画院特聘画师。陈半丁是国家书画院的副院长。这两年书画莫名其妙地热了起来，就像前几年气功热、呼啦圈热一样，学习书画的大军从八岁到八十岁，不分性别、职业，席卷全国。专业的书画家也跟着风光起来，据说陈半丁随便吐口唾沫都值钱。

大学时，陈半丁常站在画案旁看赵千山画画。陈半丁瘦，筷子一样。那时，两人无话不谈，在画室相伴画画到凌晨。当成功地临摹一张古人的作品后，两人就喝啤酒庆祝，下酒菜就是聊天。不仅聊画，什么都聊。赵千山感慨："那时精力真旺盛，再怎么熬夜也不觉得累。"

陈半丁做任何事情都一丝不苟，不光是画画，连交女朋友也近乎苛求。陈半丁的女朋友是音乐系的校花，说"漂亮"这个词还不足以涵盖她。长得甜美，给人感觉纯真。不管是近看还是远

108

看，都好看。不光好看，还有一种与生俱来的高贵气质，可能是长期用音乐滋养，人也变得高雅了。气质这玩意儿，不是每个人任意抹点儿化妆品、穿点儿高档服装就可以拥有的。陈半丁每日恶补音乐，什么拉赫玛尼诺夫、斯特拉文斯基、普罗科菲耶夫。还颇有心得地告诉赵千山，拉赫玛尼诺夫是个真正的英雄，他的《帕格尼尼主题变奏曲》如暴风骤雨一般。赵千山只觉得古筝、琵琶弹出的是天籁之音，听钢琴曲只能让他入眠。赵千山更不清楚这个叫诺夫的怎么成了陈半丁崇拜的英雄。

　　陈半丁和校花的事也不背着赵千山，俩人偷偷谈了大半年恋爱，最亲密的举动就是手拉手。到了夏天，陈半丁坚决地和校花分手。陈半丁发现：校花白皙的腿上，长出了像男人一样的汗毛，像光滑的岩石上长满苔藓一样。陈半丁是个要求完美的人，就因为这个瑕疵，俩人彻底分手了。

　　陈半丁一毕业就去了书画院做了专业画家，几十年摸爬滚打已经成为国内一线的艺术家。赵千山知道，自己这些年画画属于草根一族。因为是草根，作品就像是庶出一样，画得再好也不怎么硬气。但很快，他这个草根画家也会成为海州城为数不多的专业画家。千万不要小瞧"书画院特聘画师"这个虚名，它某种程度上验证你的水平是专业还是业余。

　　毕业后，两人还经常联系，联系的工具是书信。两人的书信往来，至少有一百封。一个搞收藏的人曾来找过赵千山，要收藏那些信件。赵千山上网查了查，陈半丁随手写的一个便条在拍卖行都能拍出好几百，简直疯了。赵千山算了一下。乖乖，他的那些信能值几万。只不过这些信一封都找不到了，搬家时全都给了收破烂的了。这几年由于地位悬殊，他和陈半丁联系很少。

他即兴创作了一幅蜡梅图，十分满意，认认真真落了长款。赵千山看看时间，已经快八点了。他往学校走，街上店铺里传来《春天的故事》，曲调悠扬，旋律优美，听着就觉得浑身舒坦。学校操场的院墙，李小跑正领着一个民工刷标语，标语的内容是：发展才是硬道理。

稀疏平常的一天，就像是昨天前天大前天一样，没什么不同。日子如同白开水一样平常地流淌着，赵千山的心情却是格外爽朗。作为国家书画院的特聘画师，他下一步很有可能去市画院工作，最不济也是去区画院当个专业画家。即使做不成专业的，到美术协会挂个副主席什么的也是顺理成章的。想到这些，赵千山一脸的阳光，自己莫名其妙地高兴起来。生活却总有意外，总是不沿着我们幻想的轨道行驶。让他始料不及的是：他被学生告了。

坐在后排的那个女生目测过去，不到一米五，人胖得像锅里的油条膨胀开来。她在摆弄着一个卡式录音机，很快不知是刘德华还是张学友的声音就传了出来。

赵千山指着那女生："你，倒数第二排的那个，把手里的东西交上来。"

那女生哼了一声，并不理他。

这种蔑视更像是一种挑衅。赵千山从讲台上走到那女生面前，上去就拿录音机。

"你干吗？凭什么抢我的东西？"

"你不知道这是课堂吗？上课能听音乐？"

"我就听，你个破老师凭什么管我？"

"我今天就管你了，拿来。"

短暂的争抢，赵千山获得了胜利，录音机终于到了赵千山手中。那女生忽然一屁股坐到了地上，号啕大哭，指着赵千山："他耍流氓，摸我胸……"

赵千山惊呆了。

那个女生的妈，头烫得和鸡抱窝一样，朝校长办公室地上一坐，不容置疑地给出两条处理意见：要么就陪一万块钱损失，要么学校把赵千山开除，否则就去上访。

孔辉处长翻出赵千山数年前的两件糗事，来佐证赵千山品行不端。

赵千山以前的一个学生，这学生的父亲和赵千山熟稔，上学的时候把他托付给赵千山。因此，这孩子没少到赵千山家蹭饭。一天，在街上偶遇赵千山，他告诉赵千山，说媳妇生了三胞胎，是三个带把的。赵千山说，恭喜，恭喜。那学生却说，这回要了命了，奶粉钱都不够。

因为和他父亲的关系，赵千山带了三百块钱去学生家。只有学生的媳妇在家，她不认识赵千山。赵千山从口袋里掏出钱，她不要。赵千山就让她拿着，硬往她手里塞。女人就是不要，俩人夺夺打打的。赵千山一使劲，女人就摔到了沙发上。那是夏天，女人的裙子不知怎么就掉了，露出黑色的内裤。多少年过去，这事又被翻出来。

为了更好地佐证赵千山作风有问题。孔处长又讲了一个事，这事倒是大家都知道的。

学校发梨，每人一筐。英语组的大薛和赵千山同路，到了大薛家，大薛扛不动梨，就让赵千山帮忙扛上楼。放到楼道上，赵千山就下来了。大薛平时大大咧咧的，常常是先说话，然后再经过大脑。看见赵千山气喘吁吁地下楼，连门都没进，就站在阳台上喊："老赵，你上来呀，你赶紧上来，我老公没在家。"

大薛的声音大，顺风能传出去好几里。好几家都打开窗户往楼下望。赵千山成了个大红脸，赶紧骑车走了。这本来是个笑话，现在也成了赵千山的罪证之一。

赵千山是文人，文人都有穷酸气，毛屎坑里的石头。他坚决不同意赔钱，而且一再质问那学生家长："我凭什么赔你钱?"那女人也不含糊："你干了什么，你心里不清楚吗? 你就是衣冠禽兽，我这是要替天行道。"

赵千山不同意赔钱，女人每天都坐在冯彬彬的办公室。冯彬彬为这个事开了个班子会。冯校长本来就不喜欢赵千山，辞退个没有编制的合同工，打个电话通知一下人事处就可以了。但冯校长为了表示对这事的重视，专门开了个班子会。赵千山这些年在学校也是特立独行，没什么朋友。大家都隐隐约约感觉赵千山好像可能有一点儿冤枉。但冤枉就冤枉吧，为了大局出发，牺牲个临时工也没多大影响。因此，一致决定辞退赵千山。

赵千山在办公室收拾自己的一些私人物品，也没什么好收拾的。一个垃圾袋就把他那些碎碎叨叨的东西装完了。赵千山站在学校的操场上四下环顾。他感觉浑身冰冷，学校好像不是学校，而是一个冰窖，冻得他全身战栗。赵千山叹了口气，一群麻木的人只能培养更麻木的人。

　　行政楼里传来朱珠的怒吼："你们今天把赵千山开除了，明天再不会有老师管学生了。家长一闹，不管有没有理就要开除老师，老师们都自我保护了，谁会去管学生？这样下去，学校不就完了吗？教育不就完了吗？你孔辉孔处长口口声声要开除赵千山，你自己几斤几两心里没数吗……"

　　虽然朱珠的话也振聋发聩，但却像一块小石子被扔进了一片汪洋之中，没人应声。即使说得再正确，她的话又有什么分量呢？

　　女儿赵雯，还有一年大学才毕业，上次回家说要读研究生。儿子才上中学。妻子下岗后，在机关食堂打工，仨瓜俩枣的工资，是他俩每月的生活费。赵千山的工资是孩子们的学费和生活费。赵千山如果额外有点儿收入，也要攒起来，以备他们额外的需求。没了工作，学费、生活费从哪里来？

　　赵千山已经年过不惑，除了画画，还能干什么？早上他还是准时出去，但并没有可去的地方，在街上漫无目的地闲逛。时间过得很慢，一上午像是一年。走累了，他去苍梧公园的垂丝海棠下坐着，好不容易熬到中午。赵千山觉得头晕目眩，耳朵里嗡嗡地响。这几天他要按学校的作息时间回家，不让妻子起疑心。

客厅里码着自己这些年的画，堆在一个个纸箱里，足足十几箱。看着它们，赵千山越看越觉得窝火，越看越觉得生气。人家的画是一张张人民币，他的画却是废纸。赵千山拿起一张撕了，又拿起一张，再撕。连撕了几张，他瘫坐在沙发上，号啕大哭。

盐河里的水一如既往地向东流，平常的日子也一如既往地向前。即使这边断了，在那边也会续上，一直往前的方向总不会变。过了今天是明天，过了明天是后天。即使是熬，也要熬；即使是煎熬，也要熬，熬过去就是春暖花开。赵千山遇事会想，想着想着自己就想明白了。

小蒋站在板凳上把赵千山的画挂到墙上，也没裱，两头各弄一根钉子钉着。画是赵千山一周前送来的。小蒋琢磨，赵千山的画不会有人要。但赵千山的画好看，挂在店里留着糊墙也好。

"这画多少钱？"

板凳上的小蒋被吓了一跳。

满脸络腮胡子的男人不知是什么时候进来的。

"就这张画，多少钱？"络腮胡子又问。

小蒋愣在那里，他还真没想过这画卖多少钱。

"咋啦，这画不卖？"

"当然卖。"小蒋从板凳上跳下来。

"你是早上第一个来'开壶'的顾客，你说多少钱能要？"

那男人从包里拿出四百块钱："就这么多，开票，收据也行，上面写赵千山的画。"

蒋作君满脸狐疑："这就是赵千山的画。"

那人回答："这画好看，我不管谁画的，你发票上写赵千山就行。"

小蒋暗自高兴：出门遇到鬼了。不是鬼，是财神。这是哪路来的财神呢？

小蒋一脸赔本的倒霉模样："赵千山的画本店独家代理，要不是你是早上第一个顾客，我才不卖呢。"

小蒋高兴，今天又有饭局了。

蒋作君喜欢喝酒，没人请他，自己也能把自己干醉。因为喝酒，小蒋和媳妇经常干仗。一次，小蒋醉得不省人事，被抬到医院挂水。他忽然睁开眼，望着吊瓶，问护士："这是几两的？"

护士愣了一下，回答他："十毫升。"

"少跟我嚼蛆，是不是不想开酒，到底是几两？"

护士想了一下说："大概二两。"

"二两不行，换半斤的。"

媳妇上去抽他一耳光，那个扎针的护士扑哧乐了，针鼓了，痛得蒋作君嗷嗷叫。媳妇说："活该，扎死你个狗日的。"

一有饭局蒋作君就激动，这种激动能持续很长时间。比如晚上喝酒，蒋作君中午就开始激动。蒋作君参加饭局，也就是去喝酒的机会，不是经常有，但隔一段时间总会有这么一回。蒋作君参加的饭局比较固定，这种固定首先是来自参加饭局的人固定，其次是饭局的地点固定。喝酒地方叫"兰亭酒家"，开在一个小公园里。蒋作君对这个公园印象极深。初三的那年夏天，他为了

115

省一毛钱的门票，从公园的墙头翻进去，把腿跌断了，整个夏天不能出门。从早晨到中午，从中午到下午，再到天色昏暗下去；从太阳升起，到太阳落下。他能感觉太阳光线漫长而急遽的变化，他能听到不知从哪里传来的各种声音，那声音好像是从孤独的黄昏里传来的，他的心情也像黄昏一样越来越黯淡。整个夏天无聊透顶。本来有个女同学已经答应和他一起去海边，这让他有了种种的憧憬。现在，憧憬成了他打发时光的种种臆想。

二十年过去了，公园还在，但面目全非，里面变成了菜市场。只有一些破落的亭台楼阁还依稀保留着往昔的影子。每个月小蒋都去找康庄，一是拿作品，二是结账。这也是他们聚会的日子。蒋作君还文绉绉地说："咱们这个聚会就是古人的兰亭会。"

小蒋打电话给赵千山，要他请客。小蒋告诉他："作品卖了一张，整整三百块。你老赵怎么着也该请我喝一杯。你知道我是费了多大劲吗？把你一阵猛吹，费牛劲了。"赵千山连声说："该请，该请。"这是他卖出的第一张画，差不多是他学校里大半月的工资，这样卖下去还了得？赵千山的年龄不应该再有肥皂泡一样的幻想，但搞艺术的人都会有一些脱离现实梦境一般的东西。生活却像一把笔直的剑，它蔑视一切幻想。

他让小蒋去张罗请客，还专门叮嘱小蒋要请康庄。

人陆陆续续到了，康庄来得最晚。

康庄问小蒋："千山的画卖了多少钱？"

小蒋喝了一口茶，眉飞色舞地回答："三百。"

康庄好像没听清楚，又问："多少？"

116

蒋作君回答："三百。老赵自己都没想到能卖这么高，当时他对我说给个百儿八十的就卖。你不知道我是费了多少唾沫，差点儿把老赵吹成齐白石。"

小蒋又说："老赵，我可一分钱都没赚你的，这次就算了，下次你得给我表示表示，照这样卖下去，几年就能住上楼房。"

赵千山笑着说："应该的，应该的。"

康庄说："表示个屍。"

康庄的脸色很难看，蒋作君心里嘀咕，是不是价格卖得比他高，小心眼不高兴了。

康庄嚷道："靠卖字卖画吃饭，连吃屍都赶不上热的。"

坐在首席的赵化五说："小康这话也不对，说不定我的画若干年后国家也限制出境呢。"

康庄笑："您老连人都限制出境，关键是外国不敢要呀。"

一桌人都笑。

赵化五是师范学校的书记，年初刚退休。退休后痴迷写字画画，并且不是一般爱好而已，而是奔着大师这一高标准的目标严格要求自己。他经常鼓励自己：齐白石的艺术也是从六十开始辉煌的，只要努力，成不了齐白石也一定能成为鲁赤水。

赵化五说："千山呀，我那个学校开了美术课，我推荐你去上。"

赵化五又说："作君呀，还有一个裱画的课，你去上，我和他们说说，都按讲师待遇给你们发课时费。"

接下来赵化五会谈他这段时间的学习心得和体会。只要他一清嗓子，众人就知道，没半小时结束不了。

赵化五说："最近我看书才知道，启功不是姓启，人家姓爱新觉罗，正宗的皇室成员。"

小蒋说："呀，我还真不知道。"

康庄鼻子里哼了一声，"百家姓里有姓启的吗？写字画画的都忙着认祖宗，我就认识一个，非要说自己是王羲之第五十二贤孙，真是个无二鬼。所以启功先生人家是大师，忙着认祖宗的都是江湖杂耍。小蒋，你到现在也没裱过一幅启功先生的作品吧。"

小蒋说："我怎么没裱过？去年，有个人拿了十张启功的字来裱。"

康庄说："北京琉璃厂五块钱一张的赝品也好意思说。"

小蒋说："别看我没读过什么书，水平可不低，照样去给人上课，而且是讲师的待遇。"

康庄说："狗屁讲师，你就是蒋师傅。"

小蒋嬉皮笑脸，"蒋师傅也相当于讲师。"边说边又开了瓶白酒。

康庄说："你是不是没下顿了，怎么还开，是来喝酒还是来拼命的？"

小蒋说："这酒，一瓶六十，两瓶一百，还是开两瓶合算。"

"滚一边去。"

康庄今晚兴致不高，尤其对小蒋，小蒋说一句，他怼一句。

赵千山去结账，康庄已经结过了。

小蒋晕乎乎站在门口，康庄走到他面前，小声说："蒋作君你狗日的，赵千山多不容易，他的钱你也赚。今早那个买画的，是我叫去的。"

小蒋愣了，跑到一棵树下，吐了。

每个月，小蒋都能替赵千山卖一张画，价格都固定在三百元。前两回，赵千山说了一些感谢的话，把钱拿走，小蒋不冷不热的。后来，赵千山明白了。再去拿钱时，掏出五十给小蒋。小蒋这才有了笑容，也不推迟，拿过钱，又从抽屉里拿出五元给赵千山。

"二百五不好听。"他又对赵千山说，"咱俩的事不要和康庄说。"

赵千山精心挑选了几张自己满意的画，用报纸卷好，去中大街小蒋的裱画店。

小蒋两口子正在干仗。

中午，小蒋从乔二摊子上拿了一包花生米，就着花生米就把半瓶酒干了。刚刚有人来裱画，一张六尺大山水。问装个镜框要多少钱，小蒋看这人面生，喷着酒气说："一百。"

那人倒是没还价。把画全部展开，问蒋作君："你懂行，看看这画咋样，能值多少钱？"

小蒋瞟了画一眼，嘴对着那人的脸，那人往后退了一步。小蒋还往他的面前凑，"我跟你说，这画不错，比不会画的强多了，这么大的画，得有一面墙大了吧，怎么着也能值十块钱。"

那人一听这画比画框还便宜，不裱了，掉头走了。

小蒋媳妇王翠云骂："蒋作君你个傻子，生意黄了不算，还得罪一人，那个画画的要知道你这样说他，还不来找你算账。你以后再灌猫尿，我跟你拼命。"

蒋作君头一扬："该值多少钱就多少钱，我要坚持真理!"

"你狗屁。"

武戏即将开幕，小蒋媳妇王翠云人高马大，比男人还有劲。不仅有劲，还有一门挠人的功夫，专挠人脸。小蒋脸上不同时间出现的一道道深浅不一的指甲痕，都出自王翠云之手。

小蒋冲到门口，差点儿把赵千山撞倒。看着赵千山抱着一堆画，没好气地说："卖什么卖，你那些画都是找康庄办事的人买的。"

赵千山愣在那里。王翠云一扫帚砸过来。

"狗日的，你这张臭嘴。"

庞得利坐在店里向赵千山挥手。

庞得利在小蒋裱画店对面开了个古玩店，叫"厚德堂"。二十几平方的店里摆着上百件的瓷器、玉器、陶器。不要小瞧这不起眼的古玩店，好多文物专家都光顾过。几十年在人屁股堆里混江湖，庞得利练就一双鹰眼，号称"庞半眼"。瓷器或者玉器什么的，只用一只眼乜斜，就知道真假。

庞得利在柜台上看赵千山的画，边看边称赞，边看边叹气。"画画这行也邪乎，画得好还要有人捧才行，没名气只能卖个仨瓜俩枣的。"庞得利说,"小赵,你别怪我人老话多,我这小店每天都是信息的集散地。搞收藏是个富贵事,手里要是没闲钱,谁买这些个玩意儿。你手里蒋远廷的画,在你家摆着,就是张纸,还不如转让给我,现在收藏书画的人多,价格自然炒得高,过了这段时间可不一定,就像前几年君子兰一样也说不准。"

赵千山记得,前几年端一盆君子兰,不用走完整条街,价格就能涨三次。君子兰的叶子,也不是普通的绿叶,而是黄金。现在,君子兰地位一落千丈,垃圾堆里随处可见君子兰。

赵千山坐在那里发呆,他太需要钱了,暂时又没地方能来钱,庞得利的话不无道理。

半晌,他对庞得利说:"好。"

庞得利给的价格也算合理,赵千山从庞得利那里拿了钱,先是去邮局给赵雯寄钱,然后直奔康庄家。

康庄用眼瞪着他。

"赵千山你个臭老九,你就是个神经病,我帮你还不落好。"

赵千山说:"我是怕你犯错误,我们是朋友,我不能眼睁睁看你倒霉。"

康庄说:"我就一办事员,我也不当官,反腐败也反不到我这个小喽啰身上。"

赵千山说:"总之,你这样做就是不对,这钱你必须退回去。"赵千山把用报纸包着的钱放到了茶几上。

"你不要就拉倒,走走走,哪儿凉快上哪儿去。"赵千山被康庄撵了出来。从此,再没去过他家。

2. 包三姑的春天

包三姑一个冬天都是在床上度过的。后来，包三姑想起这个冬天，竟生出许多欣慰。要不是因为得了这场病，她可能会在二营巷卖一辈子包子。"祸兮福所倚"，这是汉代贾谊的《鵩鸟赋》中说的："祸兮福所倚，福兮祸所伏；忧喜聚门兮，吉凶同域。"包三姑不知道贾谊是谁，当然更不知道《鵩鸟赋》。包三姑觉着自己这一辈子就是没活明白，她总结自己这一辈子的履历就两个字：包子。要是能熬过这个冬天，她想为自己活一回。

包三姑能下床的时候，海州城的春色正浓。海州城的春天美。整个城市弥漫着沁人心脾的花香。花也开花，树也开花。黄昏的时候你站在双龙井往锦屏山上望，沐浴在黄金中的古街旧巷像是蜿蜒着有了诗意。

包三姑推开门，一缕阳光和煦地照在她身上，她闭上眼，闻到了近处茉莉花的香。她走到街上，街上的玉兰花也开了，硕大的花瓣，白白的，在阳光下明晃晃的。包三姑记不清多长时间没晒太阳，暖阳晒在身上，让她无比舒畅。

包三姑想吃水糕。她往双龙井走去，大高在双龙井边上卖水糕。包三姑看到街上服装店的橱窗里张贴着：千禧年春装上市。

已经是 2000 年了。仅一个冬天，她感觉经历了一千年。没错，自己已经走进了一个新千年。

大高多远就和她打招呼："三姑，你好啦，快来尝尝我的新产品。"

包三姑看着大高的水糕也改名了，不叫"大高水糕"，改成了"千禧水糕"。大高还是小高的时候，就蒸水糕。包三姑和大高聊天。

包三姑说："你这手艺太简单了，只要有工具，是个人都能干。"

大高也不争论，很有哲学地回答："什么手艺都简单，要想做精，都不简单。"

接着他略带自豪地告诉包三姑秘诀："不要小瞧蒸水糕，你看着几秒就做好了，其实关键不在蒸，而在加工的过程。最关键的是磨粉。这蒸糕的糯米粉，必须要细，不细，水糕的口感就不好。米粉还要反复搓，搓完后放在太阳下晒，这些火候不慢慢琢磨，哪能会?"

包三姑看见大高的摊子上多了好几个面盆，原来只用糯米做水糕，现在除了糯米面，还有山芋面、玉米面、香米面，小小摊上摆出五颜六色的水糕，看着就诱人。

每样包三姑都拿五块，大高死活不肯收钱。包三姑放在摊子上就走，大高起身要追。

包三姑喊："你赶紧忙你的，为几块钱，你把我弄倒了，我下半辈子就赖上你了。"

院子里的桃花开了，包三姑坐在一棵桃树下。满树的粉花落了一地，花瓣静静地贴在泥苔湿润的土石上。院子里还有一石凳，石凳就在那棵盛开的桃树下，上面摆着一盘水糕和一把豁了壶盖的茶壶。包三姑拿起一块玉一般的水糕，糯米晶莹剔透。放进嘴里，甜丝丝的。轻轻咀嚼，不仅甜，而且香。

这景色仿佛是无意间走进了一幅色彩斑斓的画卷之中。

海州的春天好看，其他地方春天的景色一定也不赖。有多不赖？包三姑没见过。她想想自己一辈子就没出过远门，连家门口公交车半小时就到的海边，她都很少去。包子铺已经交给大儿媳，自己每天就这样在家里躺着总不是事，要给自己找点儿乐趣。这些年，她一边包包子一边听戏，什么戏都听，从京剧到昆曲，从黄梅戏到淮海戏。她喜欢听戏，也跟着咿咿呀呀学了几段，如果让她填个人爱好的话，她应该属于戏曲爱好者。

因此，她想到"古城票友社"。

包子铺的对面是海州鼓楼。鼓楼建在老城墙上，始建于明朝，省级文物保护单位。小时候包三姑常常会从长满青苔的石阶小心地登上城楼。极目远眺，四周青山如黛，峰峦俊秀，让人心旷神怡。城墙的对面就是双龙井，每天来园子里锻炼的人很多。起先，零零星星有人吊吊嗓子，唱上两句。后来，唱的人多了，队伍就逐渐壮大了起来，共同的爱好像磁铁一样，把他们吸引在一起。"古城票友社"就因此成立了。

包三姑决定加盟"古城票友社"。票友社负责人姓陈，退休前是什么单位的领导。古城票友社的社团法人资格是他到民政局跑下来的，还是由他出面，双龙井旁边的那间房免费给他们排练用。

陈社长端着个紫砂杯，坐在一张破旧的老板桌后面。他非常认真地对她讲："小包，你愿意来，我们原则上是欢迎的。但这是京剧社团，比较专业。如果你要来，得遵守咱们团里的纪律，可不能朝三暮四，咱们搞艺术就是要严格要求、精益求精。这样吧，你明天先来参加大家的排练，自己准备一段。到时候，我们再研究一下。"

第二天，包三姑准时去了票友社。她发现不光她对京剧纯属业余，票友社的成员大多都是业余中的业余，只能算是爱好，还不能算真正意义上的"票友"。相比之下，她还能完整唱一段，虽然唱出来跟白开水似的，光有声而无韵，这已经比好多人都强了。

陈社长当即拍板，欢迎包三姑加盟。而且陈社长决定：准备把业务能力强的包三姑培养成台柱子。

隔三岔五，京剧团就要排练。光有演员，没有观众。陈社长多次邀请周边巷子里的居民来听戏，稀稀拉拉的，没几个人来。陈社长放大招，准备好果盘瓜子让来听戏的人免费品尝。这次，有了效果。男男女女，老老少少，来了一群人。观众们喝着茶水，吃着瓜子、水果，叽叽喳喳乱哄哄的。没等一段唱完，桌上准备的那点儿东西只剩空盘子，连水都不剩一口。东西吃完，人呼啦啦全走光了，还把茶壶顺手牵羊拿走了。陈社长气得直跺脚："都什么素质？"

陈社长看新闻里有送戏下乡的报道，对票友社的工作有了新想法。作为一个社会团体，光自娱自乐不行，必须服务社会。陈社长亲自导演、包三姑主演的《铡美案》，在石棚山下的桃园里声势浩大地开演了。一共演出了两场。正是初夏，桃园里的桃花层层叠叠，似雪似雾，煞是美丽。这时来桃园赏花的人也多，因此，第一场，观众不少。演员一上场就出错了。在台上本来是王朝、马汉站在包公右边，张龙、赵虎站左边。演张龙的那位因为紧张，也朝右边一站，这下演赵虎的那位傻眼了，他不知道该咋办了，如果四个人都站一块儿，台下一定起哄，如果他一人站一边，更让人笑掉大牙。还是包三姑舞台经验丰富，她大喊一声："张龙赵虎带秦香莲。"才有了个救戏的机会，下去重新上场。戏没演到一半，包龙图打坐在开封府那段经典唱段还没有开唱，人就走得差不多了。

第二天，看桃花的人还是很多。台上的大戏照旧，但演员比观众还多。

陈社长问管理桃园的负责人："你们有没有帮宣传一下？"

负责人说："现在气温高，来园里子玩的人看看景就走了，谁有时间听你们唱戏？如果你们能准备点儿茶水饮料什么的给游客，估计能有人来。"

陈社长很生气："我供应他们午饭好不好？"

一天晚上，包三姑和社友们唱得正起劲。小巷里的十几个老头儿老太忽然冲进来，进门就嚷："你们有什么伤心事，聚在一起呜呜嗨嗨哭什么？吓得我们孩子晚上都不敢出门，你们要号到别处号去，别在这儿装神弄鬼地吓唬人。"

这话含有猛烈的火药味，票友社的社员跟他们针锋相对，越吵越激烈。恰巧 110 警车到这里，看围了这么多人就停了下来。两边的老头儿老太看警察来了，立马把警察围起来。

票友社的艺术家们拉着警察非要让他们听上一段，让警察评评理，他们唱得究竟是不是跟哭似的？

巷子里的老头儿老太喊："拉倒吧，伤害警察是要坐牢的。"

几个警察被两拨老头儿老太围成一个圈，多次想突围出去，但这个圈围得严严实实，水泄不通。带队的警察没办法，赶紧打电话给云先至。

包三姑回到家已经快十一点了。她一夜无眠，思考了好久，觉得自己不是当角的料，决定离开京剧社，重新寻找组织。

鼓楼广场每天晚上都有一群老太太跳舞，前面还有两个大姐领舞。第二天，包三姑也站在队伍的最后，机械地依葫芦画瓢。本来晚上跟着广场舞的队伍比画两下，就是为活动活动，锻炼一下身体，无所谓舞姿的轻盈和优美。包三姑跳舞很卖力气，把城墙下的砖都踩得咚咚响。很快，她发现有人在她跳舞时用手机拍照。包三姑的儿媳小顾路过广场的时候，专门去欣赏她的舞蹈，给予了高度评价：就像看一个木偶表演，间或还能看出太极拳的痕迹。

广场舞，包三姑也不是每天都去跳。但只要包三姑登场的晚上，观众就多。跳舞和唱京剧不一样，观众一多，舞友们的手脚施展不开，影响锻炼。因此，舞蹈队的一些好事之徒就对包三姑有意见。这也难怪，只要有人的地方就一定会有矛盾。

在大高的摊子前，包三姑遇见了李会计。海州城不大，但她和李芳却长时间没见面。

李芳说:"包,你脸色不好,岁数大了就要多运动,多出去玩儿,看你这无精打采的样子,晚上和我去走路吧。一群人往山边走,锻炼锻炼对身体好。"

从李芳那里,她第一次听说了"海州老年徒步行走队"这个组织。之前,她并不知道连走路都是有组织的。李会计年龄比包三姑大,看起来却比包三姑年轻许多。

李芳说起话来像上满了发条。不仅说话的速度快,而且每一句话里包含的信息量也大。

包三姑做梦也没有想到,徒步队这支队伍会给她今后的生活带来翻天覆地的变化。

包三姑也是被各种组织多次考验过的同志。比如票友社,搞得和机关一样,按时签到,一切听社长指挥。广场舞又完全属于草台班子,爱来不来。有时就领舞的俩人在,也照跳不误。相比之下,还是徒步行走队这个组织好,来就一起走,中途走不动了就退出。队伍的口号也很简洁:强身健体,健康长寿。

晚上,一群人从海州古城开始行走,或朝着石棚山方向,或是白虎山、孔望山、锦屏山。总之海州城的山多,不缺少目的地。

刚开始行走的时候,包三姑跟不上队伍,走走就走丢了。和以前包包子一样,每走一公里她就用红笔在手臂上画一道,做个记号。慢慢地,越走越远,手臂上的记号越来越多。有时,手臂上流出的汗都是红色的。

每天晚上成了包三姑最快乐的时光,她越走越精神。一年之内晚报登了包三姑两回照片。

报社记者偶然发现一群大妈大叔每天晚上扛着大旗，喊着口号，整齐划一地穿梭在海州城的大街小巷，这最能反映现代老年人的生活，非常有新闻价值。于是，带着相机，跟着队伍一起走。没想到这小伙没走到三分之一就被队伍甩在后面。他一路抓拍，镜头最多的就是走在队伍最后的包三姑。

第二回是包三姑代表徒步队接受锦旗。

夜晚，这支行走的队伍蔚为壮观。一个青年骑着摩托车呼啸而来，那架势，好像屁股下面是飞机。包三姑亲眼看见一个姑娘被车刮了一下，转了两圈后重重摔在地上。那青年头也不回朝大部队冲过来。包三姑把徒步队的大旗横过来，那青年差一点儿撞上。他停下车，骂："老东西，不要命了。"当他想掉头走的时候，一群人已经把他围了起来。那青年开始还横，几分钟后，就尿了。每个老同志都是理论家，轮流絮叨数落青年。那个青年很快就像《西游记》中被念了紧箍咒的孙悟空一样，一个劲儿大爷大妈地哀求着。最后，是他自己报的警。警察来时，他已经烂泥一样瘫在了地上，看见警察像看见救星一样。

一天晚上，徒步队走到朐阳门外河边的那条小路。这条小路即便白天也行人稀少。此时，月亮升起来了，白白的月亮升起在孔望山之上。不是满月，只有淡淡的月牙，整个古城便流淌在如银的月色之中。那月亮仿佛是躺在孔望山的山脊上睡着了。月光清亮亮的，静静地泻着银辉。山峰之上，那月显得既孤高又明亮。包三姑发现此时的古城，更像一首诗、一幅画。月是古时月，墙是旧时墙，只有熙熙攘攘的人们是现代的。她的思绪可以像脱缰的野马横贯千古，任意驰骋。包三姑想，如果是赵千山来，一定能鬼嚼蛆几句诗。而她只会说：月亮好圆，海州好美。

小路上两边垂柳婀娜，随风摆舞。当时不知谁提议走这条路，竟有大多数人附和。因为晚上鲜有人来，大部队经过，把鸟惊得乱飞。包三姑又抬头望了望月亮，脚下被路中间一块不大不小的石头绊了一下，差点儿摔倒。她把石头抬到路边，已经被大部队甩下十几步了。有人喊："三姑，快点儿。"她同时听见河边传来断断续续的呻吟。那个女孩仰面躺着，已经昏迷了，电瓶车就倒在身旁。

"大家快停停，快救人呀。"行进的队伍听到包三姑的喊声，都回头跑过来。

队伍里什么职业的人都有，退休前是医生或是护士的立马就发挥了专业特长，又掐又揉，往女孩嘴里放药。等120来的时候，人都醒了。一个高二的学生，上晚自习时发现练习册没带，怕老师批评，抄近路回家，小路上没有路灯，车被石头绊倒在了河边，摔迷糊了。

第二天，女孩的父亲和晚报的记者骑车满海州城找"徒步队"。女孩的父亲打了报社的新闻热线，记者已经多次接到徒步队好人好事的感谢电话。女孩的父亲把一面写着"助人为乐，海州好人"的锦旗送给徒步队。包三姑代表徒步队受旗。包三姑大幅照片出现在晚报的封面，报纸是赵千山拿给包三姑的。

包三姑拿过报纸，报纸上举着锦旗、张着大嘴的她正对着自己笑。当时记者相机的镜头正对着包三姑的脸,因此,包三姑的脸显得特别大。

包三姑嘟囔着:"这个照相的水平不行。"

蒋作君过来,手里也拿着一张晚报,"三姑,上报啰。"

包三姑嘿嘿地笑。

"三姑,赶紧去报亭把报纸都买了,街坊邻居每人发一份,让云主任通知家家户户贴在墙上学习、瞻仰。海州好人,多大的荣耀。"

"滚,把你小兔崽子的照片贴墙上去。"

赵千山问:"锦旗挂哪里了?"

包三姑回答:"能挂哪里,挂我家里呗。徒步队也不是个单位。"

赵千山说:"我看锦旗还是交给云主任,徒步队有没有队长?"

包三姑摇头。

赵千山说:"徒步队不如由二营巷社区管理,你们该选个队长出来。"

包三姑觉得赵千山的话在理。没有管理,怎么着都像散兵游勇。包三姑的提议获得徒步队大多数成员赞同。徒步队队长的选举就在社区的活动中心,民政助理小伏是主持人,云先至负责监督。本来说好三点钟选举队长和副队长,两点半不到人就聚齐了。云先至在社区,接触最多的人群是老人。接触时间久了,云先至有了感受:每位老人都有一本厚厚的故事,都是一本大书。

131

虽然从外表既看不出他们有什么高明的知识，又看不出他们有丰盛细致的感情。那是由于跟老人接触太少。如何让老人既安度晚年又能发挥自己的价值，这才是对老人最大的尊重。

徒步队队长有三个候选人，周局长、包三姑，还有许医生。按程序三个候选人将自己上任后的宏伟愿景阐述给各位队员，限定时间十五分钟，然后是无记名投票。周局长虽然退休了，毕竟当过干部，发言的派头不一般。他第一个发言，发言时眯缝着眼，手去摸桌上的茶杯。茶杯没摸到，却摸到了许医生的手。

许医生嚷："干啥干啥？"

这个意外并没有影响周局长的发言。他足足讲了一个小时，要不是中途被人打断，估计能讲到第二天早上。他先从神州五号飞船上天，全民万众一心抗击 SARS 讲起，讲完国内又分析国际。美国攻打伊拉克，巴以冲突，中东和平路线受挫折，朝核危机六方会谈，俄罗斯首富被捕。大家哈欠连天，主持人小伏已经坐在那里睡着了，一滴口水还在嘴角上。

云先至踢了踢小伏的脚，小伏猛地被惊醒，怔怔地望着云先至。云先至给她使个眼色，小伏边擦口水边说："第一位竞选人发言超时了。请第二位竞选人发言。"

周局长说："别着急，别着急，我再说五分钟。"

许医生赶紧抢过话筒："拉倒吧，如果晚上你管我们晚饭，就放开给你讲。"

许医生是工厂的厂医，工厂里谁头疼感冒给人家拿点儿药什么的。工厂里谁要不舒服向她咨询一下，她总会很专业地说，小毛病，以前我也得过和你一样的毛病，就吃这药好的。时间长了，在厂里有"百毒不侵"的外号。许医生说话非常简洁，她力推包三姑当队长。

许医生说："我虽然是候选人，但我是来抬轿子的，我建议大家选包三姑。"

她又开玩笑地说："我替三姑做主，庆祝她荣升，今天去巷口包家包子铺买包子，买一送一。"

包三姑昨晚练了一晚上，发言稿还是赵千山写的，一句没轮到她说，台词都被许医生抢光了。

许医生说："老包，你就甭说了，大家还要回家做饭带孩子。根据中央精神，会议从简。"

许医生的说话有煽动性，连周局长都反水投了包三姑一票。包三姑毫无悬念地当选海州老年徒步队队长兼旗手。一辈子连小组长都没当过的包三姑在年近七旬的时候竟当了干部，手下也有几十号人呢。

8. 李加海的夏天

李加海去养老院。安静正和孙大奶聊天。

"咦，你俩是亲戚？"

孙大奶说："是亲戚，她是我亲孙女。"

"我咋不知道？不对呀，小安你家不是安徽的？"

安静狡黠一笑："就是我奶。"

安静上大学时就是养老院的义工，已经八年了。

陈老太走后不久，孙老太就住进养老院。她没和儿女商量。自己要去养老院。云先至送她去养老院的时候，孙老太坐在藤椅上翻着十几本相册，看了一遍又看一遍，边看边流泪。她从照片里选了一张"全家福"装进包里，然后用手心擦去脸颊上的泪水，再用手指擦眼角的泪水。

她把钥匙留给云先至。

"要是他们回来，你就给他们，让他们有地方住，这毕竟是家……"

钥匙一直在云先至那里。几年后，云先至第一次看到美国回来的老大，老太太已经完全不认识自己的儿子。

"你谁呀？"

"妈，我是孝文呀。"

"你谁呀？"

"妈，我是老大呀。"

老太太望着他，"你谁呀？"

老大哭。

护工告诉老大："老人家有时还清醒，清醒的时候就念叨你们，但大部分时间是糊涂的。"

云先至说："您有文化，你知道'树欲静而风不止'的下句吧？"

134

老大点点头，"谢谢你云主任，我也快六十岁。这些年就知道寄钱回来。我没给子女做好榜样，我也有儿有女，到现在才能感受一个老人的心理。我后悔，我真后悔。"老大呜呜地哭起来。

"还不算太晚。"云先至把钥匙递给了他。

李加海走进财务室。

"支票开好了？"

安静点头。

私营企业家协会向北京奥运会捐款，李加海要去捐赠现场。

"账上还有多少钱？你按这个金额，再开张支票。"

"为什么要开两张？"

李加海说："另一笔我要捐给残奥会。"

李加海走到门口。两个环卫工人坐在马路边啃煎饼，身上的工作服湿透了。他们喝一口水啃一口煎饼，煎饼吃了一半，两人杯子里的水见底了。其中一位把煎饼放进塑料袋，倚在一棵树上用毛巾盖住脸。

以前，李顺也经常坐在马路边。李加海鼻子酸了，他忽然喊：

"大爷，进来歇会儿，这里有开水。"

一杯水，芝麻大点儿的事。两位环卫工人千谢万谢。

李加海说："以后你要喝水就到我这里。"

李加海忽然有个想法，而且第二天就付诸实施。他的店面给环卫工提供休息的地方，安静还起了个名字"爱心暖房"。

李加海会和安静一起去养老院。每次去做义工李加海都觉得心里畅快，是顺着思想沁到骨头里的那种舒畅。

203 房间的江老头儿早就摆好了棋，等着李加海。

"江爷呀，手下败将，让你个车吧。"李加海笑。

"小子，瞧不起老头儿。"

连输两局，老头儿的脸色变成了酱紫。

李加海不露破绽，输了两局。

老头儿的脸色活泛起来，"江爷，平了，下次再决胜负。"

"好。"

江老头儿从柜子里拿出一张画塞给李加海。"这张画送给你小子。"江老头儿给他的是一张山水画，上面一点儿颜料都没涂，黑乎乎的一片。

两人回到公司，李加海拿出画给安静看。"老爷子可能才学画，非要硬塞给我，我不拿着不好。你看你看，都是大黑墨团，一点儿都不好看。"

安静说："我觉得画得挺好。"

"哪里好？黑不溜秋的。"

"我说不出来，就觉得不一般。"

"你是冒充大吉普。"

"你才冒充大吉普。"

两人正斗嘴，李加海看见赵千山推着自行车过来，车后座上还放着一刀宣纸。

李加海喊："赵老师，快进来坐。"

赵千山一眼就被桌子上的那幅画吸引。

"哪儿来的?"

"有个老头儿送我的。"

"什么样的老头儿?"

"八十来岁,眉毛长,像个道士。"

赵千山点头:"嗯,是江大师,这画是精品。"

多年以前,赵千山去拜访过江大师。江大师通过他和蒋远廷取得联系。为了感谢赵千山,让赵千山来他家,要送他一幅画。

赵千山兴冲冲地去了南小区。江大师家的墙上挂着一幅大画,正是眼前这幅《石棚山秋景》,满纸氤氲,酣畅淋漓。人人都说老江这人手紧得很,关系再好,也最多给张小纸头,看来都是谣传。

赵千山说:"江老师您画得太好了,这么好的画给我,今晚我一定要请您喝一杯。"

赵千山伸手就要去取墙上的画,江大师赶紧上前拦住他。

"千山,千山,不是这张,给你的画在这画下面呢。"赵千山掀起大画,下面有一张 A4 纸大小的画,画了几根小竹子。

赵千山忍不住哈哈大笑:"江老师,下次你再替我画个板凳吧,和这竹子(桌子)般配。"

赵千山又仔细看了看李加海手里的那幅《石棚山秋景》,确定就是以前看到的那张无疑。

赵千山全神贯注地看着那幅画,猛拍一下桌子,说出一个字:"好。"把安静吓得一激灵。

"这画，能不能给我拿回去欣赏一星期？"赵千山问。

李加海说："您要喜欢就拿去，放我这里也是老牛吃牡丹。"

赵千山摇头："只是借去看看，这画珍贵，你可要收好了。"

大部分李加海的新闻都是从作君裱画店里传播出来的。作君裱画店像是个消息批发的集散地，从这里把各类小道消息传播到二营巷各家的餐桌上。这些大多只能算流言。但流言往往更能激发人们的兴趣。小蒋是有名的碎嘴子，二营巷的人背后叫他"美国之音"。

乔二胖在巷口卖卤货。一个收破烂的过来。

乔二胖问："吃点儿啥？"

收破烂的说："吃不起，我是想问裱画店在哪儿？"

乔二胖瞥着收破烂的，"看不出，还是个文艺中年，你会画画？"

"我画什么画，昨天在这儿，有个姓蒋的让我明天去他那里，他有废纸箱卖给我。"

乔二胖哦了一声，"我告诉你，那人脾气可不好，店里还有恶狗，见人就往人身上扑。你不要直接上他店里去，在他店门口大声喊，'美国之音，美国之音'，他就出来了。"

收破烂的站在作君裱画店外面，大声喊："美国之音，美国之音。"

小蒋瞪着眼出来："你他妈喊什么喊？喊魂呀。"

收破烂的嘀咕一声："果然脾气不好。"

"昨天你让我来收破烂的。"

"收什么破烂，走，走，走。"店里的狗汪汪叫起来，收破烂的吓得赶紧跑。

走到巷口，乔二眼睛正盯着巷口望，看见收破烂的空手过来。

"怎么样?"

"师傅，你说得对，那人是不是得了甲亢，人和狗的脾气都不大好呀。"

乔二笑得牙疼。

裱画店里每天都有人来找小蒋拉呱，小蒋也高兴一边干活一边和他们闲扯。但因为嘴碎，常常会给他带来麻烦。巷子里开鱼火锅的赵得柱就曾经拿着刀把小蒋追得满巷子跑。

赵得柱上初中的闺女怀孕的消息就来自裱画店。那天，小蒋见赵得柱的闺女穿了个紧身衣站在他店门口。已经是初夏，这样的装扮明显不合时宜。小蒋使劲盯着那丫头看。虽然她穿了紧身衣，但小腹微微隆起。看着小蒋朝她看，赶紧用手挡着自己的肚子。"一定是怀孕了。"小蒋第一时间把这个重大发现传播出去。

赵得柱鱼火锅店里大多的卤货都是乔二供应的，赵得柱是他的大客户，乔二菩萨一样地供着他，赶紧向他汇报了这事。

赵得柱夫妻俩一天到晚在火锅店，闺女和儿子基本上属于散养。两人赶紧回家。女儿的小腹已经隆起，确实像怀孕。

"是不是经常来找你的那小畜生干的?"赵得柱上去就踹闺女一脚。

闺女不说话,只是哭。

赵得柱拿刀去了男孩家,男孩矢口否认。赵得柱恨得牙都要咬碎了,要砍断男孩的腿,男孩的父母扑通就给赵得柱跪下了。但男孩始终只承认两人在一起亲过嘴,还说,他查过百度:亲嘴不会怀孕。这时赵得柱媳妇打电话来,说丫头肚子疼得厉害,已经打了120。一群人赶紧去医院,男孩的父母预交了各项费用。

肚子里不是孩子,是个瘤,良性的,很快被切除了。

赵得柱拿个擀面杖追着小蒋满街跑,赵得柱边跑边骂:"今天我就要治一治蒋作君你这张婊子嘴。"赵得柱这样兴师动众是表明一种姿态,我赵某人不好惹;更重要的是让二营巷的居民知道:我闺女不是怀孕。

王翠云也跟着赵得柱一起追着小蒋,一边追一边骂:

"你个挨千刀的,活该!活该挨打。"

最终,小蒋跑不动了,一头扎进石棚山下的浣月湖里。

毛翠云对店里那帮站闲的从来没有好脸色,有时还往外面轰人。小蒋两个资深聊友许三炮和李大理都被小蒋媳妇轰过,所以俩人只有小蒋媳妇不在店里的时候,才敢进来,搞得和特务接头一样。

小蒋向他们吹嘘到师范学校上课的事情。

小蒋很兴奋,"那是正规大学的美术系,还是按讲师待遇发我课时费,每节课三十块钱呢。"

"讲个课算啥，人家李加海在市民大讲堂开讲座呢。"李大理说。

"他有啥好讲的？讲死人？不嫌晦气。"小蒋不服。

"这你就不知道了吧，人家讲的是海州民俗——丧葬习俗。"

"那天我也去了，好几百人去听呢，他讲孝老爱亲，讲厚养薄葬。"李大理说。

"这有什么用？还不是和乔二胖一样，光棍一条，都三十六了，到现在没老婆。"蒋作君恶狠狠地说，"在大牢里待的时间长了，那方面肯定不行。"

许三炮笑：你小子这张臭嘴，早晚还得被人追着跳浣月湖。

李加海不是找不到对象，安静一直对李加海有意思。安静大学毕业就在李加海的公司。安静长得不漂亮，用老海州话说就是"大世人"，在人群中，像一块石头被扔进海里。安静每天上班都穿着职业套装，显得十分干练。她有两套一样的服装，都是藏青蓝西服里面套白底蓝格的条纹衬衫。每天她都第一个到单位，在路上还帮李加海预备好早餐。

一天加班，李加海带着一群人吃夜宵。

李加海对安静说："也不小了，还不赶紧找个对象，把自己嫁出去。"

安静说："你不也没找吗？"

"男人和女人能一样吗？"

"男未娶，女未嫁……"

安静的话没说完，一桌人起哄。

"老板好，老板娘好。"

李加海的脸沉下来。

"都吃饱了撑的，不吃都走。"

一桌人散了，只剩李加海和安静。

"你怎么还不走？"

"从现在开始，我跟定你了，你到哪儿我到哪儿。"

"发什么神经，要不要去后沈圩看看？"后沈圩有个精神病院，老海州骂人精神病，不会直接说精神病，都会说去后沈圩看看。

"你知道我比你大多少吗？"

"你也不翻翻皇历，现在都什么时候，还拿年龄说事。"

李加海望着安静，他发现，如果细看安静，安静五官不仅紧凑而且修饰得比较精致。

李加海把一杯酒一饮而尽，认认真真地对安静说：

"我坐过大牢，即便我们俩能凑合，你父母一定也不会同意。与其以后麻烦，我现在就把路堵死，免得日后尴尬。"

第二天，安静没来。

第三天，安静没来。

第四天，安静没来。

十天了，安静都没来。

李加海觉得空落落的，日子像是一杯白开水，没滋没味。

李加海和丁三太在路边大排档喝酒。

"老大，你怎么尿了，人家小丫头倒赶着追你，上哪儿找这好事去？"

李加海不说话。

"我大儿子都上高中了，老大你再不抓紧，赶明你儿子和我孙子要是弄一班去，你说，这事咋弄？"

李加海不说话，一杯一杯地喝。

"老大，你不能再喝了。"

丁三太赶紧结账。他掏出两张人民币潇洒地对摊主说："不用找了，不用找了。"

摊主接过钱，"老板，还差二十。"

"零头还要？"

"老板，我们赚的就是零头。"

丁三太说："像你这样，生意做不大。"

丁三太回头一看，李加海正搂着一棵泡桐树自言自语，不知道嘴里在嘟嘟囔囔说什么。丁三太给他拦了一辆出租车，李加海三下两下把丁三太塞出租车里了，自己晃晃悠悠地边唱歌边往前走。走到快客站时，一辆电瓶车从后面穿过来，车轱辘碾到了李加海脚上，疼得他龇牙咧嘴。

"你怎么骑车的？"李加海坐在地上，舌头打结。

骑车的那人也喝醉了，倒在地上，顺势躺在那里，喘着粗气。

"你，你怎么走路的？"

两个人都这样醉眼蒙眬地互相望着，谁都站不起来。

安静开车路过，一眼就看到坐在马路中间的李加海。

安静费了牛劲把李加海扶上车。那醉鬼在后面喊："你不能走，再喝一杯，谁不喝谁是孙子。"

李加海去医院拍片子，粉碎性骨折。安静在医院照顾他一个月。同病房的那个"眼镜"看安静来，就恶狠狠地骂，他骂自己的老婆。"眼镜"的腿也骨折了，他老婆一天到晚出去打麻将，经常错过饭点给"眼镜"送饭，弄得"眼镜"饥一顿饱一顿。李加海吃饭时，"眼镜"就直勾勾地看着他。

李加海说："兄弟，甭看了，眼珠子都在饭里了。"

李加海就让安静把饭分一半给"眼镜"。"眼镜"一边吃一边哭，一边哭一边诅咒他老婆。

安静出去洗碗。"眼镜"看着她的背影就会对李加海说："大哥，你小子真是祖坟上冒青烟，看你人长得不出奇，找这么好的媳妇。你老么磕碜眼的，你看你媳妇多年轻。等我腿好了，非踹你小子一脚。"

一个月后，安静来接李加海出院。

李加海问她："你真想好了，不后悔?"

安静说："你不后悔我就不后悔。"

安静又说："三年前就想好了，我追了你三年两个月零七天。"

李加海笑，"一看就是学会计的，上次驾校教练跟我讲，最不喜欢的人就是会计，斤斤计较，算计死了。"

安静和李加海正吃午饭，办公室的电话响了，电视台要来采访李加海。李加海没想到，他是最早向残奥会捐款的企业。他的这次善举，一下子成了新闻热点。

李加海对安静说："我们不接受采访吧，我也说不出什么来。"

安静说："为什么不？这是打造企业形象的最佳机会。"

李加海不知道什么叫企业形象。总之，安静说得就没错。他第一次面对镜头的时候，看到摄像机就莫名紧张。在镜头前嘴也张不开，身体也不住地颤抖，头上的汗瓢泼一样。两个月间，李加海接待了大大小小几十家媒体，活生生地把他晕镜头的毛病治好了。

夏天就要过去了。这个夏天雨多，不定什么时候，就电闪雷鸣。又刮大风了，门口卖报纸的，慌忙把摊子搬进了小蒋的店里。小蒋意外地发现日报和晚报上都刊登着李加海的照片。李加海是本年度"十大兴业模范"的候选人，大半个版面都介绍李加海的事迹。

♪ 云主任的秋天

这些天，海州城飘荡着同一首歌：《我和我的祖国》。欢快的旋律在街道各处大屏快闪的画面中流出，令人心潮澎湃。快闪的人群中就有挥舞国旗的云先至，他瞪起眼看了无数遍的视频，终于发现了自己在人群中模糊的身影。

海州城国庆七十周年庆祝活动的开场就是民俗踩街表演，二营巷的旱船队又是表演队伍中的主角。云先至早早地站在朐阳门下，很快他就被汹涌而来的人群挤到了城门外。他拿着手机不停地拍，只拍到一个个有头发或者没头发的脑袋。旱船队的一群老人开着"港城和谐号"挂着花篮一路唱过来，一下子就把人吸引过去。

划旱船是老海州的风俗，演员多，表演起来热热闹闹。有吹喇叭的，有敲锣打鼓的。锣鼓声一响，主人公身上绑着大红色的腰带，架起船就开场，左右两边各有一个老汉和一个丑太婆，老汉穿着破大褂，嘴里叼着烟袋锅，丑太婆戴个花帽子手里拎着个小花篮，走几步停一停，唱几句。

丑太婆是周正芳装扮的，退休的小学教师。扮演艄公的是小学生小宝，虽是配角，却是个力气活，要不断变化着划船的姿势。小宝动作和表情都非常别致，不停地有人对着他拍照，小家伙俨然成了队伍的核心。

小宝是鲁大东的儿子。鲁大东辉煌的时候也开过公司，手里也攒了几个钱，然后就复制了老套的故事，先和公司的打字员抱到了一起，有了小宝。后来又沾了毒品，他的那点儿家底没多久就全败光了。媳妇坚决和他离了婚，比媳妇反应快的是打字员，提前卷走了十几万。

鲁大东被送去强制戒毒。小宝成了有父母的"孤儿"，社区就是他临时的家。

小宝才十岁，脸上却难见笑容。云先至知道，这孩子心里承受了太多本不应该由他承担的压力。每天晚上，去双龙井看旱船表演成了小宝最快乐的时光。

一天晚上，云先至去双龙井。

周正芳这群老头儿老太最年轻的也快七十了。云先至担心他们会扭着腰、伤着腿什么，一再反复叮嘱。

周正芳说："小云哎，你比我还啰唆。我们这帮人都是老艺术家了，舞台经验丰富着呢。"

一群人哄笑，云先至也笑。

走到双龙井的门口，周姨又喊他。

"小云，小宝这孩子又坐在这里大半天，一句话也不说，给他买个糖葫芦也不要。这孩子也可怜，要不，我先把他领回去过些日子，你看怎样？"

周正芳的两个闺女在京广线的两端，老伴去世后，两个闺女都要接她去住，她哪儿都不去。

"那真是太好了。"云先至说，"周姨，小孩子的数学我现在也绕不过弯来，您老是专业老师，没有比您再合适辅导小宝的。"

半年的时间，小宝不仅学习跟上了同学，还被周正芳成功地培养成了旱船演员。祖孙俩在一起其乐融融，小宝的脸色也有了和他年纪相符的笑容。

鲁大东半个月前从戒毒所出来，一出来就去找云先至。不是问小宝去了哪里，是让云先至给他办低保。

鲁大东说："我家老爷子以前有低保，我家就有低保，我就应该有低保。"

云先至回答："这低保不是私人财产，不能继承。你如果要办低保，你得符合相关的条件。"

鲁大东问："那要什么条件?"

"办理低保的条件是老弱孤残，或者丧失劳动能力，这都是要有证明材料的。"

"我过几天就给你证明。"

鲁大东看见乔二推着卤货车过来，急忙喊起来:

"二胖，卖不动的猪头肉拿半斤来。"

乔二瞪着他，"喂狗都不给你。"

"狗日的怎么说话呢?"

鲁大东跳到乔二面前。

"你这大烟鬼改劫道啦? 信不信，我一只手就把你撂倒。"

乔二轻蔑地看着他，"鲁大东，夏天蚊子都不咬你。"

鲁大东一怔，"为什么?"

乔二哼了一声，"你没人味。"

"狗日的。"鲁大东骂骂咧咧地站在社区门口。

"鲁大东，你怎么不问问小宝情况?"云先至问。

鲁大东好像才想起自己还有这个孩子。

"对哦，你们把他弄哪儿去了?"

云先至冷冷地说："周老师已经替你带了一年多了。"

"那行，让她继续带着吧。"

鲁大东打了个哈欠，鼻涕眼泪都下来了。

"她要喜欢孩子，让她拿五万块钱，这孩子以后跟她过。"

"鲁大东，你还是不是人？"云先至火了。

社区管辖的地方不大，但什么样的人物都有，什么样的人云先至没见过，只要思维正常，云先至总能找到和他们沟通的方法。但看着眼前的鲁大东，云先至像生吞了肥猪肉一样，既恶心又难受。

知道鲁大东回来，小宝突然露出惊恐来。

他问周正芳："奶奶，你是不是不要我了？"小宝的眼泪顺着眼角流进了嘴里。

周正芳搂着小宝，"孩子，不是奶奶不要你，你爸爸回来了，你要和你爸爸一起生活。"

小宝扑通跪到了地上，"奶奶，我求求你，我不要回去，我要和你在一起。"

周正芳眼泪也流出来，她拉起小宝说："宝，不怕，奶奶现在就带你去找云伯伯。"

鲁大东又坐在社区，一张嘴，云先至闻到了他满嘴酒气。

云先至说："我再给你解释一遍，办理低保的条件是：老弱孤残，或者丧失劳动能力。你自己说你符不符合办理条件？"

"我有材料，我丧失劳动能力了。"鲁大东从口袋里掏出病历本，医生诊断他得了慢性胃炎。

"得了胃炎就算丧失劳动能力，鲁大东你这材料要是报上去，人家都要笑掉大牙。你不缺胳膊不缺腿，干什么工作每月不赚两三千？"

云先至话没说完，鲁大东上去就把他的茶杯摔了，茶杯瞬间成了一地瓷片。

"我不和你啰唆，你就是不想替我办，你是不是把我家低保贪污了。今天不给我办，我就不让你好过。"

他指着云先至："今天，你要不给我办低保，我就上你家吃，街道不替老百姓办事，不给人活路啰……"

传来一个童声："你不要在这儿丢人了。"

鲁大东看到门口的小宝，骂："小泡子，滚一边去。"

小宝哭，"云伯伯我不要和他在一起。"

鲁大东猛踹孩子一脚，"谁他妈是'他'，这小泡子这些年就没喊过我爸。"

云先至和周正芳急忙上前。鲁大东忽然安静了。两个警察往社区这边走来。

鲁大东迅速溜进了社区办公室，缩在了墙角。

"鲁大东不要躲了，和我们去派出所一趟。"

像是掌握了川剧中的变脸，鲁大东立马是一副低眉顺眼的表情。"我就是来街道合理合法地反映问题，不至于去派出所，自己能解决，不麻烦二位。"

"不要废话，找你一定有原因，自己会走吧。"

有人举报鲁大东又吸毒，鲁大东在派出所死活不承认。

警察说："去验尿。"

鲁大东回答："没尿。"

警察说："没尿就喝水。"

鲁大东喝了一杯。

警察说："再喝。"

鲁大东又喝了一杯。

警察说："再喝。"

鲁大东连喝五杯水，脸涨得通红，还硬撑着，"我没尿。"

警察说："你要能受得了，你就憋着，接着喝。"

鲁大东举手，自己冲进了洗手间。

这次鲁大东不光是吸毒被拘留，他还参与了贩毒。

乔二从小蒋那里听到的消息：鲁大东被判了十年。

李大理听到的消息是：鲁大东被判了十五年。

小金听到的消息是：鲁大东被判了二十年。

小蒋又和许三炮聊这事。许三炮摆摆手，"你小子再说这事，估计鲁大东离枪毙不远了。"

小蒋嘿嘿地笑，"兔崽子，毙了也不冤。"

关庙巷水管被车撞裂了，司机开车跑了，水滋得老高，水帘洞一样。水管附近已经成了汪洋泽国，水像喷泉一样涌出来，围了好多人拿着手机在拍照。不用一分钟，全国人民都会知道有个叫二营巷的地方水管爆了，然后就是不明就里的人铺天盖地地评论。

"消防车马上就来了，你们赶紧离开，不要影响人家工作。"云先至喊。

151

没人理他。云先至发火了，"你们要能帮忙就过来帮忙，要不就都回家，水都流成这样了，还在这儿咔嚓咔嚓的，都怎么想的？"

　　消防车来了，站闲的人又把消防队员围着，继续拍照，紧接着就是发朋友圈。

　　消防队员喊："再不走，我们马上让警察来，影响我们抢险是要被拘留的。"

　　人群这才三三两两地散开。

　　水管修好，云先至听到《新闻联播》的音乐响起。中午他吃了两个馅饼，早就饿了。云先至去吃米线，米线馆开在车辆厂宿舍楼临街的楼底，原来车辆厂分房子的时候，谁分到一楼的房子都哭爹骂娘的。灰尘大、噪声大而且不安全。十年河东，十年河西。现在把后门打开，直接变成门面房了。

　　小金常在云先至面前抱怨："我就是个二五眼，当年单位分房我如果要了一楼，房子雨天也不会漏水。下岗了，靠门面房收入就能养活自己，也不用扛个扫把扫大街。"

　　云先至说："如果啥事没有，整天待在家里闲得骨头疼，无聊也无聊死了。"

　　小金正站在楼道口和几个老头儿说"平改坡"的事。政府针对老旧楼房的平改坡工程，将平屋面改建成坡屋顶，并对外立面进行整修粉饰。

　　小金说："这回不怕了，下多大的雨都不漏了。"

　　一个老头儿说："不仅不漏，平改坡还能保温隔热。"

小金看见云先至过来。

"主任，干吗呢？呦嗬，云主任现在级别不低，都有警车护驾？"

云先至回头，一辆110的警车开过来，停在了米线馆门口。

"出了什么事？"云先至心里一紧。

车上下来两个警察。年纪大的警察云先至认识。他对云先至说："云主任，你们社区工作做得好，警车没到，你先到了。走，一起去看看。"

303门口披头散发躺着一个年轻的姑娘，双眼紧闭。

警察问："姑娘，是你报的警吗？"

躺在地上的姑娘不说话。

警察又问："你哪里不舒服？"

躺在地上的姑娘还是不说话。

两个警察边打120，边说："应该就是她报警，说303里的人打她。"

警察敲门，屋里也没动静。

警察问："云主任，这是谁家？"

"这是开小超市的郑西怀家。"

"这姑娘你认识吗？"

"没见过。"云先至摇了摇头。

警察说："你云主任没见过的，一定不是二营巷的，二营巷一只麻雀你都熟。"

云先至笑："我不熟就是失职。这姑娘眼生，是不是郑西怀

153

儿子的女朋友？这小子长得还可以，隔三岔五地换女朋友。"

303 里传来声音："放狗屁！"

警察喊："敲了半天，怎么不开门，门口女的你认识吗？"

"不认识。"

警察又喊："请你开一下门，配合一下我们工作。"

"我不认识她，没义务给你们开门，你们再敲门我告你们私闯民宅。"

云先至喊："小郑你法盲吧，现在警察就在你门口，你这是阻止警察执行公务，是要被处理的。"

"我就不开，能把我怎么样？"小郑态度很横。

警察足足敲了二十几钟，手都麻了，门依然没开。

120 来了，女孩一切正常。

女孩坐了起来，呜呜地哭，骂小郑不是人，两人在一起生活半年了，现在要和她分手。

女孩说："我就是要在他家门口自杀。"

警察说："自杀能解决问题？"

云先至说："你这孩子，命就这么不值钱？"

女孩不说话。

门依旧不开。云先至打电话给老郑。老郑急匆匆跑回来，上气不接下气。

小郑指着警察的鼻子："谁叫你们进来的，出去。"

两个警察冲上去把小郑按在了地上。

"现在，我们强制传唤你到派出所……"

老巷子每天都上演没有剧本的故事，日子虽然是日复一日的平常，对于云先至来说，却又不是完全复制。

街边银杏的叶子已经完全黄了，秋意正浓。云先至的眼睛被一片金黄所弥漫，那一地的金黄色，像一种气体在他的身体里飘荡。云先至去小窦租住的那间小屋。小窦是外来务工人员，来二营巷也两年了，云先至听说他妻子病得很重。

小屋的门敞着，云先至朝里望，里面黑乎乎的，与门外形成了两个世界。云先至把门口笤帚拖把碰倒了。屋里传来一个女人的声音。

"谁呀？"

"我是社区的。"

女人"哦"一声，屋里的灯亮了。

房间里的杂乱已经超出了云先至的想象。女人躺在床上，床到门口仅一步之遥。床边的饭桌腿短了一块，用砖头垫着，桌上是吃剩下的干饭，还有一碗青菜豆腐汤。

"领导，你有什么事？"女人问。

云先至看了女人一眼，心里哆嗦了一下，身上的鸡皮疙瘩起来了。看着眼前的这个女人，云先至终于明白古人"骨瘦如柴"这个词是什么意思。女人脸瘦得已经脱形了，手伸出来像鸡爪一样，就一层皮搭在骨头上。

"你身体怎么了？"

云先至知道这个女人，以前在超市里理货。

"去年查出来是白血病。"女人的眼泪落下来。

"我命不好，连累了小窦，我让他不要管我，让我死了算了，我这样的人没资格得病。"

"年纪轻轻，说这话干吗，有病治病，有困难大家一起想办法。"

和女人断断续续交谈中，云先至知道女人年初查出来白血病，女人也没有医保，那点儿积蓄瞬间就化为乌有，平时只能吃点儿消炎药和止痛片。本来夫妻俩还有美好的愿望，就是在二营巷买间房，平房也行，然后把儿子接到城里来上学，让儿子说普通话。儿子现在跟着爷爷在乡下小学，老人也管不了孩子。为了尽快把孩子接来，夫妻俩都是打两份工。小窦白天送快递，晚上还要去帮人家卸装潢材料，只要是能赚到钱的活，他都干。

女人应该是好长时间没说话了，她的思维很发散，话里的信息量很大。从她的描述中云先至已经把她家里的情况和家庭成员的履历，甚至是一些亲戚的基本情况都掌握了。

小窦回来了。

"小窦，有困难应该告诉我们社区……"

"主任，我们俩都是外来打工的……"

"能在一起就是缘分，谁家没有难事。下午我就去办事处为你申请困难补助，再联系社会上的爱心救助，办法总会比困难多。我们社区的工作就是面向每一户，千家帮一家，总比你一个人扛着强。"

从小窦家出来，云先至看到老葛正提着几袋垃圾过来。

"葛大爷，你家大扫除？"

"什么大扫除，我是要去广场跳舞，你看后面那块空地，这帮不自觉的把垃圾就扔在空地上。往前走几步就是垃圾箱，懒生蛆了，几步都不想走。我每天去跳舞前都要帮他们擦屁股，谁叫我是片长呢？总得起表率……"

老葛的话还没说完，他的舞伴李大姐在前面喊："老葛，又开闸放水啦，你要不跳，我找别人跳了，宣讲团怎么不把你招去？"

"跳，跳，跳。"老葛赶紧跑几步，回过头又对云先至说，"明天接着聊，明天接着聊。"

中大街后面有个空地，面积不大，常有人在那里乱扔垃圾。如果在空地上建个小广场，宣传社区的凡人善举，这是个一举两得的办法。这钱又从哪里来？云先至边走边琢磨，一片银杏叶落在了大高的摊子上，大高在那片树叶上放了个水糕，白色的水糕睡在金色的叶子上。大高傻笑。云先至发现大高的手抖得厉害，云先至走到他面前，大高站起来没理他，转过身去摘银杏叶，颤抖的手刚碰到银杏，人就摔倒了……

第四章 | 胸阳门与虾婆婆

朐阳门始建于明代永乐年间，是海州古城的南门，位置在双龙井北。朐阳门是座瓮城，外门朝南，内门朝东。朐阳门因为面对锦屏山，所以瓮城城门的门楣上书有"锦屏如画"四个大字，风景如画的锦屏山让朐阳门成为最美的海州古门。站在朐阳门城墙上，锦屏山的一草一木尽收眼底。登楼远眺，顿觉荡胸生层云，神清气爽。

　　虾婆婆长得一点儿也不像虾，头胸部有一对像螳螂一样的镰刀状的前脚，步足三对，腹部有尾鳍，身长比虾要大数倍。虾婆婆不能算老海州的特产，靠海的地方都有。它的名字五花八门，有叫"虾蛄"，有叫"皮皮虾"，还有"富贵虾""琵琶虾""虾狗弹"等。老海州人给它起了个拟人化的名字，尊称它叫"虾婆婆"。虾婆婆生活于浅潮和深海泥沙或珊瑚礁中，昼伏夜出。最

161

肥的时候就是每年的四五月份，海州的虾婆婆格外的鲜美，做法也最为简洁，不需要蒸炒烹炸，只需要加一点点盐放在清水里煮。这种最原始最天然的做法其实是对美味极大的尊重，放任何其他的佐料都是对美味的破坏和否定。果然，海州的虾婆婆不负众望。那沁人心脾的鲜，只要你吃上一回，就会终生难忘。

∕ 赵教授的春天

胸阳门大街两边都是卖虾婆婆的。有一个摊贩向赵千山招手，"快过来看看，你看这虾婆婆多新鲜，个儿多大。"赵千山拿起一只，背部对着光线，清楚地瞧见一条粉红或者黑痕纵贯头尾。这样的虾婆婆膏黄丰满，味道鲜美甘甜。少放点儿盐用火煮，煮时火力要猛，既要煮熟，又不能慢火长煮使肉质老化。这种生活在海边的虾类，福建人叫"虾姑"，意思是比虾大，是虾的姑姑；海州叫"虾婆婆"，个头自然更大，是虾的婆婆。

赵千山心想，就用虾婆婆招待未来女婿，既有特色，做起来也简单。

旁边有个卖蟹的也喊他："老板，透活的大闸蟹弄两只？"

赵千山笑着回答："谢谢，吃不起。"

赵雯研究生毕业后留在上海，一晃都四年了。男朋友是什么策展人，赵千山不知道这工作是干什么的。

他问赵雯："这行是不是爬上爬下帮美术馆挂挂画什么的。

现在都起个好听的名字，自己往自己脸上贴金。打铁的不叫打铁，叫铁艺；修鞋的叫鞋博士，连厨师都称自己是营养顾问。"

赵雯扑哧笑了："过几天他就来看您了，到时候你俩聊。"

赵千山从来不多过问女儿的事情，赵雯从小到大都非常懂事，根本不用他操心。工作以后，每次打电话来都说自己很好，从来报喜不报忧。赵千山每天都关注上海的新闻，看着早晨地铁里潮水一样的人流，那地方的工作压力可想而知。

赵雯每月往赵千山的卡里转钱，赵千山都退回去。上海是什么地方？生活多不易，怎么能要闺女的钱？赵雯也给赵磊寄钱，也不和赵千山说一声。赵磊已经大二了，这小子日子过得倒是滋润，自己给自己配了新手机、新手提电脑，而且都是品牌。

这几年赵千山一直感谢庞得利，就像洪大强感谢老张一样，是发自肺腑的感激。不是因为庞得利在他困难的时候，给他救了急，而是庞得利和他闲聊时，曾给赵千山出主意，让他在家里教学生画画。这是个好主意，让他有了稳定的收入。赵千山教学认真，画得又好。每晚都有十几个小孩来学画，周末学生更多。

赵雯带来的男孩叫常涤子，个子不高，一脸的精干。虽然赵千山表面很热情，常涤子还是凭着南方人的敏感隐约感受到赵千山对他不满意。其实男孩也不错，但离赵千山对女婿的要求还差不大不小的一截。这也不怪赵千山，每个老丈人对女婿的要求都近乎苛刻。

吃饭时，赵千山问："你这名字有意思，清代大画家石涛别号就叫'大涤子'。"

常涤子说："这名字是我外公起的，他也是画家。"

"哦，你外公尊姓大名?"

"他以前是美院的教授，叫蒋远廷，我中学时，他老人家就去世了。"

赵千山正扒一个虾婆婆，手里的虾婆婆掉在地上。他猛地站起来，常涤子吓了一跳。赵千山一把握着他的手。

"哎呀，你是蒋老师的外孙，怎么不早说?"

两人一下子就亲近起来，赵千山对赵雯说："去，赶紧去，巷口那儿有卖螃蟹的，咱们上个硬菜。"

赵雯去买螃蟹，赵千山坐到了常涤子的身边，"来来来，咱们添酒回灯重开宴。"

常涤子告诉赵千山，外公临终前把自己的作品和收藏的作品都捐给了博物馆，自己这些年也一直在收集外公的作品。

赵千山的脸泛红了，一半是因为喝酒，一半是想到了老师赠他的那幅墨梅。

无论如何，要把画买回来。

赵千山去问庞得利画的下落。庞得利说："早八辈就被买走了，现在也不知道花落谁家了。"

那张画成了赵千山的心病。

如果不是再次遇到陈半丁，赵千山可能就这样一辈子蓬门僻巷，教几个小小蒙童。谁也不知道天上的哪块云彩会落雨，不定什么时候幸运的橄榄枝就向你伸了过来。

艺术大师陈半丁来海州举行讲座。陈半丁的手机号码换了以后，两人便失去了联系。这几年各地请他去讲座的实在太多了，让他应接不暇。但海州的邀请，他不假思索就答应了，主要就是想见见他的老同学。陈半丁在会场上搜寻半天，没找到赵千山。他琢磨着：凭赵千山的实力，怎么也应该坐第一排。他一排一排瞥过去，看到最后一排也没发现赵千山。难道这家伙长变形了？他的眼睛探照灯一般又仔仔细细看了一圈来听讲座的人，连模样差不多的也没有。

讲座结束后，陈半丁问负责接待的一个青年："你知不知道此地有个叫赵千山的画家？"

那个青年不知道赵千山是谁，打电话问蒋云方。蒋云方告诉他，二营巷有个画画的叫赵千山。

陈半丁说："带我去见他。"

青年说："陈院长，您吃完午饭再去，都在宾馆等着您呢。"

陈半丁说："饭就不吃了，现在就带我去见赵千山。"

赵千山的家里迎来了史上最热闹的时刻，几辆轿车把门前的路堵得严严实实。

陈半丁握着他的手说："班长，我来看你来咯，三十多年了，我们都老了。"

赵千山眼睛湿润了。

一群人跟在陈半丁后面拍照，陈半丁对他们说："你们都给我抬轿子，说我是大师。真正的大师都在民间了。"

他指了指赵千山："这是我大学的班长，造诣非同一般，说他是民间大师不为过，我们国画院在全国仅有八位特聘画师，他就是其中之一。这人也低调，不张扬，你们媒体的朋友可能没人知道他，就应该采访像赵千山这样的生根于民间的艺术家。"

大师来海州城，很多人都想求他的墨宝，陈半丁手紧得很，一个字都没写。有个企业老板宴请陈半丁，在饭桌上提出要购买陈半丁的作品。

老板说："我查过了你的拍卖记录，就按最高成交价买。"

陈半丁哈哈一笑，"哎呀，你是真有钱呀，可我没时间。"

到了赵千山家，陈半丁就在赵千山那张吃饭兼画画的桌子上，一口气挥洒了数幅作品，基本上是有求必应。蒋作君奋力挤到前面，专门拿了一张六尺的大宣纸请大师写"厚德载物"。

陈半丁摇头对小蒋说："你怎么不把家里的门板抬来给我写？"

赵千山拉过站在人群外的云先至，介绍给陈半丁。

"这是我们二营巷的云主任，我们心里最满意的小巷总理，你一定要为他写一幅作品。"

陈半丁朝云先至微笑点头，"哦，云主任，要写什么内容？"

云先至脱口而出："就请您题写'情系二营巷'吧。"

陈半丁问："就这几个字？"

云先至点头。

陈半丁不仅写了这五个字，还专门为云先至写了一副对联：管家长里短，劝鸡毛蒜皮。

赵千山在家里招待老同学，问他想吃什么。陈半丁想都没想就说："虾婆婆，就虾婆婆。"然后哈哈大笑说，"上学时，你带来虾婆婆，什么佐料都没有，咱俩就在宿舍煮着吃，那个鲜我至今难忘。"

赵千山终于引起了媒体的关注，他成了陋巷里的鸿儒，散落在民间的高手。本来门可罗雀的赵家，现在常有陌生人来拜访。电视台专门拍摄了专题片《民间大师赵千山》；报纸上一整版都是赵千山的作品；孔望山职业中学把当年赵千山上班的签到簿、教案、听课笔记都翻出来了，放到了校史馆陈列。校长孔辉在学校的仓库里翻出赵千山画的那幅"升官图"。孔校长说："学校的老同志都知道，这画是赵千山当年庆祝我当处长画的。当年，我和赵千山在一个办公室，我俩关系不错……"

小蒋主动要求当赵千山的经纪人。小蒋说："国家画院的特聘画师，这在海州城是蝎子拉屎独一份，以后你的画都由我来销售，我就是你的经纪人。"

小蒋还真替他卖了不少画，小蒋能侃空能嚼蛆，而且会用手机在网上卖画，每个月都能卖出几张，隔三岔五就屁颠颠地去赵千山家拿画。

赵千山去朐阳门写生回来，看见小蒋在店里和人闲聊，他推门进去。小蒋看见赵千山进来，赶紧把柜台里的椅子端出来给赵千山，又给他倒杯茶。

许三炮说："小蒋，你个狗东西，狗眼看人低，我站半天了，也没见你让座上茶。"

小蒋说："你天天在我这儿上班，都成我店里的员工了，赵教授是大客户，哪能一样？"

许三炮哈哈笑，继续手舞足蹈地讲着他的故事。他嗓门很大，多远就能听到他浓郁的苏北方言，讲起故事来眉飞色舞：

"我们原来那书记是矮胖子，书记的司机金小三也是。书记说，和老婆是荣辱关系和司机是生死关系。有了书记这句话，金小三在镇上除了书记谁都不服，连镇长都不放在眼里，更瞧不上镇长的司机。有个周六，金小三将书记送到县里回来的路上看见了镇长的车，一定要开到镇长车的前面去，这是原则问题。那天镇长的司机车开得快，金小三在后面拼命追，但开得太猛，追尾了，断了一条腿。发生这事以后，镇长把司机换成了司机班外号叫'马尾'的，车速一直是四十迈，电瓶车开快些都能超过他。有一次，镇长要打开窗呼吸一下新鲜空气。'马尾'讪讪地说：'镇长，还是把车窗摇上去吧，我开车有点儿慢，后面的车开过来会把痰吐进来……'"

听到这里，赵千山笑得把嘴里的茶水喷了出来，小蒋把糨糊刷了自己一身。

这时，李大理进来。许三炮说："李处长，迟到了，这个月全勤奖没有了。"李大理不搭理他，李大理退休前在市机关做过处长，正科级干部，乡镇干部许三炮顶多是个股级。但许三炮却成为这群闲聊的核心人物，他自然不服气，两人之间的争论从来就没有停止过。

"忙什么呢？"小蒋问。

李大理得意地说："陪老太婆买钻石去了。儿子女朋友过两天来家里，人家是国外留学的，见面礼给铂金、黄金的看不上，咱给准备五克拉钻石。"

李大理用手指头比画着。本来就是显摆，许三炮却怼他："你知道一克拉是多少吗，手比画得跟帕金森一样。"

李大理说："我就知道你没看过钻石，我告诉你，一克拉就是一克，因为钻石贵，所以叫克拉。"

许三炮说："胡说，我虽然没见过钻石，但知之为知之，我从不瞎讲，要是一克拉等于一克，为什么还叫克拉？"

"来来来，我看看你俩谁对？"小蒋掏出手机。他照着手机读，"国际上规定，1克拉等于0.2克，也就是1克等于5克拉。1克的黄金白金可能比较轻，而且价格也很便宜，而1克的钻石，价格就很高了，5克拉钻石价格都是百万级以上的。"

许三炮底气足了，"李处长，可以呀，见面礼就送百万以上，你家有矿吧？"

李大理脸通红，掉头走了。

赵千山觉得有趣，这小店每天也热热闹闹的。他抬头看墙上的字画，竟没有一张康庄的字。

他问："老康的字都卖了？"

"卖个鬼，上个月，康庄被纪委带走了，这些天多少人到我这儿退货，我都愁死了。"

一群人又议论起康庄的事来，赵千山愣在那里，也没听清他们说什么。

赵磊研究生毕业了，赵千山想让儿子留在南京，赵磊却不听他的。赵磊说："哪里能有发展就去哪里，我是学药学的，大港城的医药在全国都赫赫有名，我要回来。"

　　肖桂兰主动请缨来做孙子的思想工作。她把当年怎么骗赵千山回家，这些年赵千山受的罪都归咎到自己的身上。老太太越说越激动，到后来简直就是声泪俱下，说着说着晕倒了。

　　赵磊脸都白了，赶紧叫救护车。还没到医院，肖桂兰就醒了，她说："没大事，没大事，不用去医院。我就是想想这些年，你爸不容易，我心里难受。"

　　赵磊带着肖桂兰仔仔细细地全身检查一遍。赵磊从小是她带大的，和奶奶的感情最深。肖桂兰的身体不错，除了高血糖，没什么毛病。他上网给奶奶搜治疗高血糖的药，无意中就看到了豪森集团的招聘启事。赵磊平静的心湖泛起了一丝不易察觉的涟漪，他感觉自己的手里握了一颗幸运星。这几个月里，赵磊投过无数次石沉大海的简历。这次，他很快就收到了面试通知。半个月后，赵磊去集团的研究所报到。

　　赵千山知道儿子已经被豪森录取，不再坚持。赵千山去过豪森几次，是去参加迎春书画笔会，他对这个上市公司印象不错。儿子瘦瘦高高，有着让女孩子们尖叫的大长腿，很快就把女朋友领回家。是他高中的同学，在物流公司做单证，双方家长都见过面了，是本分人家的孩子。女孩的妈妈和赵千山有共同语言，她退休以后在老年大学学画画，知道赵千山是个画家。

她对赵千山说："只要俩孩子好，我一分钱彩礼都不要，而且新房首付我们家也愿意承担一部分，我就这一闺女，我看重的是赵家书香门第。"

女孩的爸爸直朝她挤眼。她瞪了他一眼："你眼珠子挤掉也没用。这事，就这么定了。"

赵千山高兴，这样的亲家提灯笼都难找。

儿子结婚那天，赵千山看到台下黑压压一片全是脑袋，忽然紧张了，说话的声音飘荡在空气里都是颤抖的：

"今天，儿子结婚，我很激动，我首先要感谢亲家公。"

就说了这么一句，就忘词了。他发觉喘不过气来，心跳加快，脑子短路，头脑里只剩下一片空白。毕竟是第一次当着这么多人发言，自己要大小当个领导，还有锻炼的机会，他一个清白小民，虽是画家，也没在这么大场面上说过话。

下面开始起哄，他望一眼亲家，知道下面应该对他们表示感谢。

于是，他接着说："感谢亲家公和母亲家养了这么好的一个闺女。"

停顿了几秒，下面传来排山倒海的笑声。赵千山看见小蒋一屁股坐地上了。他意识到自己说错话了，偷偷瞥了一下"母亲家"，她一直强忍着，笑容已经在脸上快爆炸了，依然顽强地坚持着。儿媳妇就没有这么高的控制力，已经笑得打战，把手里的花都扔到了地上。

本来就是喜事，以喜剧方式进行，也算是大吉大利。儿子结婚当晚，赵千山看着镜子里的自己，两鬓斑白。忽然发了感慨："人一辈一辈，一代一代，就像河水一样流淌着，尽管平淡但也会有涟漪，尽管曲曲折折总一直向前。然而，河水不会老，人会。"

2. 包三姑的夏天

一辈子连小组长都没当过的包三姑年近七旬竟然当上了领导，人们喊她："包队长。"

李会计和包三姑聊天。

"包，还记得小蔡吗?"

"咋不记得，蔡四样嘛。"

李会计眉飞色舞地告诉包三姑："小蔡现在牛了，在通灌路开了家炒饭馆，昨晚，电视上还播放'蔡大勺炒面'。"

小蔡虽然被称为"大勺"，却是个不入流的厨师。当年的美味斋说是饭店，其实也就卖卖包子、面条什么的。炒菜也有，固定就那么四样，吃的人也很少。那时，人们生活水平低，能来美味斋吃一笼包子就如同过年。

美味斋倒闭后，小蔡就在通灌路上摆了个炒面摊，一家人的吃穿用都指着他一勺一勺炒出来。这些年过去了，小蔡变成了老蔡，人们喊他"蔡大勺"。他的炒面也没什么与众不同的地方，非要说有，那就是顾客多的时候，他一个人能同时用三个炉子一起开炒。

电视台有个做栏目策划的，吃了蔡大勺一碗炒面，看着他在几个炉子面前站着。虽然零下十几度，他热得还是把大衣棉袄都脱了，间隙还喝了两口啤酒。这个策划忽然就来了灵感。作为资深新闻人，他看了大勺炒面，主题就定位了：你看蔡大勺炒面时候的动作，多像麦克杰克逊的舞步。这说明，蔡大勺炒得已经不是面了，而是激情。再看他每次炒面时，最后都要经过翻勺这个关键的工序。炒面在大勺内被翻动了几次以后，突然被高高地抛向空中，随后炒面被稳稳地装入到饭盒之中，多潇洒的样子。这足以说明：每个人都是自己生活的导演，快乐无处不在，不论在何种环境，只要心中有快乐，就一定快乐。

电视台播出"大勺炒面"后，蔡大勺火了。每天都有人来他摊前拍照，整得跟明星似的。当他把面抛向空中的时候，周围都喊："高点儿！再高点儿！"

包三姑也不清楚为什么自己会心血来潮坐到蔡大勺的摊子前。蔡大勺在几个炉子前舞蹈着，包三姑看着他头发全白了，想想他也是六十多岁的人了，本应该在家颐养天年。包三姑坐在那里十几分钟，蔡大勺都没空抬头看她一眼。蔡大勺几个炉子同时开炒，这边炒几下，那边炒几下。还有几个中学生模样的拿着手机咔嚓咔嚓地拍着。

等炒面端上来的时候，包三姑喊："小蔡。"

蔡大勺一愣，抬头望她。"哎呀，包子姐呀，咱们多少年没见啦？有二十年了吧？等等和你聊，还有三碗面要炒。"

炒面看着挺诱人，包三姑吃一大口，马上吐了出来，都要齁死了。另外一桌中学生喊："大勺叔，没放盐，一点儿味道都没有。"蔡大勺给那个学生的面回炉，又给包三姑加了个鸡蛋和烤肠。包三姑自己倒了一杯开水，把炒面在开水里涮涮再吃，还是咸。包三姑慢悠悠吃了半个多小时，蔡大勺才过来。

"你现在可是名人，拍照收费不就能赚大钱？"

蔡大勺笑："我什么狗屁名人，我就一个卖炒面的。大儿子三十多了，什么事都不干，在家啃老，小儿子还在上学。一家就我一赚钱的，我不出来苦两个，一家老少吃什么？张嘴喝西北风都不够。"

包三姑心里一颤。六十多岁的还要养三十多岁的，这就是中国的父母。包三姑摇头，和蔡大勺扯起了家常。

回到二营巷的时候，红花大太阳斜挂在胸阳门上，二营巷笼罩在阳光之下显得静谧祥和。儿子和媳妇坐在院子里等她。

"你俩今天不卖包子？"包三姑问。

儿子说："今天不卖了，雇的那人嫌工资低，不干了。我们俩笨手笨脚的一天也包不了几个包子。"

儿媳妇小顾说："妈，你还是来帮我们包包子吧，包包子一样锻炼身体，瞎走瞎逛的没多大意思。"

包三姑火了："什么叫瞎走瞎逛，包包子是锻炼，你俩多锻炼锻炼好了。你叫我给你俩打清工，我都快七十了。"

儿子出来打圆场："就几天，我们再去找人。"

忙了两天，包三姑躺在床上浑身难受。睡不着，包三姑抬头看看墙上的电子钟，已经九点半了。这个点，徒步队也都散了。她披了件外套往西走，不知不觉就走到了西门。西门外是一大片空场地，就在那里，包三姑遇见了老郑，老郑在那里看场子。

包三姑看到老郑的时候，老郑正在做饭。铁锅炖在三块砖上，铁锅下燃着枯树枝的残骸，火苗惊恐地跳跃着。火光闪在他的脸上，脸上如古铜，皱纹间嵌着点点柴灰。

这片空场地应该鲜有人来，老郑看到包三姑"呀"了一声，打了个寒战。

包三姑说："你忙你的，我就是闲逛。"

老郑边砍一棵枯死的树，边和包三姑说："坐下来歇歇，坐下来歇歇。"然后自我介绍，他姓郑，沙河人。

那棵树里面应该是空的，老郑没怎么费事，就把它收拾了，然后把那些枯枝不停地往火里加，火烧得旺旺的，不一会儿，大米粥的香味就飘出来了。炉火把老郑的脸映得通红。小桌上有碗，煮饭的时候刮进去好多灰，老郑用手在碗里抹了一下，盛饭。下饭的菜是炒花生，老郑的板凳是两块砖头。

老郑说："没啥东西，我就不嚷嚷你吃了，花生你扒一把香香嘴，自家种的，下午刚炒的。"

包三姑尝了一个，果然香。老郑絮絮叨叨地说："我有三个儿子，老大是硕士，毕业后在南京，老二大学毕业在青岛，这两个娃每个月都能拿小两万呢。"

包三姑问："老三呢?"

老郑讪讪地说："老三有点儿呆，上学不中，一直跟他妈在

175

家在地里刨食呢，人家给说了个媳妇，女方家要财礼三斤，咱们凑不齐呢。"

包三姑问："三斤什么凑不齐?"

老郑说："一百一张的红票子要三斤重呢。"

包三姑问："这是娶媳妇还是买媳妇?"

老郑朝地上呸了一口，说："比买还贵，买的媳妇会跑，媒人介绍的知根知底。"

包三姑又问："你那两个儿子不能帮点儿?"

老郑叹了口气说："老大五年没回来了，老二也两年没回来了，平时连个电话都没有。老二前年回来是买房子向我们要钱，我们老两口辛辛苦苦攒了三万多块钱都给了他，他都没看上眼，嫌少呢。以为俺们有钱不给他，眼皮耷拉着，黑着脸。自从那次拿钱走，快两年了，都没回来过。俺们地里刨食的人，哪有那么多钱？他一个月工资，赶上我们老两口小一年赚的。"说到这儿，老郑忽然激动起来，"你知道我为了培养这两个娃，受了多少罪，吃了多少苦。到头来，养了两只白眼狼啊。他们的家我一次都没去过。几年都不回家，连电话都不打一个。只有老三这傻儿子留在身边，有个头疼脑热都是傻孩子照顾。你说，这孩子是有出息好还是没出息好？"

包三姑对老郑说："儿子大了你就不要管他了，再管，管到哪天是头，儿孙自有儿孙福。"

老郑说："理是这个理，俺们老两口每月国家给三百多块钱，够俺们花的，但我那小的还没成家，俺不得不出来。"

从空场地里出来，包三姑手里多了一小袋花生，这是老郑给她的，和老郑聊天，包三姑心里酸酸的。

她明天就通知儿子：就帮忙三天。而且要告诉他们，现在应该是他们照顾她的时候。虽然，现在不需要他们照顾，自己身体健康就是对他们最大的支持。

小顾对包三姑一肚子意见，一边包包子一面骂包小军。儿子包包的班主任打电话让她赶紧来学校。课间时，包包和同学发生口角。同学嘲笑包包是包子，一家都是大包子。包包上去就给他一拳，两人打起来了。教英语的老师，弱弱小小的，怎么拉也不是两个青春期男孩的对手。后来还是一个体育老师鲁智深一样站在他们中间，才把两个孩子分开。

小顾回家骂儿子："你奶个老腿的，人家骂你两句，你也不少一块……"

包三姑听到不高兴了，"你管孩子就管孩子，管他奶什么事？"

小顾不吱声。此后，对包三姑都是冷言冷脸。

包三姑全身心投入到徒步队的工作中。她有一个想法，和队员们商量：徒步队不仅要在海州行走，更要与外市的徒步队交流，徒步队还应走到区外、市外、省外。

包三姑说了一句非常有文采的话，那是前天她在广播里听来的："我们应该用自己的脚去丈量祖国的大好河山。"

包三姑的提议得到了一部分人的支持，他们跟着包三姑往远地方走。第一站是苏北的淮安，后来又去了盐城、南京、郑州，更远的还走到了西安和兰州。他们越走越远。

媒体上称赞他们：徒步者是用身体丈量着土地，是对风景的一种礼赞，是对大自然充满着敬畏和向往。感悟大自然的生灵，感悟绿色原野带来的生机。人生最美好的事情莫过于：有一群同道中人，一路相伴，乐此不疲；人生最幸福的事情莫过于：我们都曾在梦想的道路上全力前行。

包三姑看着这段莫名其妙的话说："什么乱七八糟的，咱们走就是为了健康，为了心情舒畅，老年人就图这个，顺道还能看看不一样的景，美！"

包三姑七十二岁的那年夏天，竟然还走出了国门，去日本参加"世界行走大赛"。

自从和各地徒步爱好者交流，包三姑知道了"世界行走日"这个国际活动，每年有数百万参与者。当全国各地的老年徒步爱好者通过微信报名参加"世界行走大赛"的时候，包三姑想都没想就报名了。经过考核，包三姑作为中国老年徒步代表队的队员兼旗手。这是包三姑第一次出国。

原来在巷口卖包子的那个叫包三姑的老太太要代表中国老人参加国际比赛，这事，一夜之间就成了热点。街头的第一个版本是：包三姑要去参加世界包包子比赛。很快就被有点儿常识的人否定：包子是中国特有的，不可能是世界级比赛。第二个版本是：包三姑去挑战吉尼斯世界纪录。挑战的项目是一分钟之内包包子的数量。总之，街头巷尾还是很自然地把包三姑和包子联系在一起。等电视播出"世界行走大赛"相关新闻，人们才恍然大悟：以前巷口那个包包子的老太太还是一位行走达人。海州城的人立刻又都成了哲学家：人一定还是要有理想和追求的，不管目前的职业、境遇，只要沿着自己的理想走下去，一定会走向一条金光闪闪的路。

儿子和儿媳妇现在好吃好喝伺候着包三姑。小顾到处打听，金牌的奖金是多少，银牌的又是多少。包三姑去比赛的那天，徒步队的老姊妹们、二营巷的老街坊百十口人为她送行，场面蔚为壮观。

包三姑和一群中国老头儿老太太刚下飞机，负责接待的日方人员就叽里哇啦地和翻译说了一通。

翻译说："举办方说，中国参赛队员年龄太大，不能参加比赛。"

包三姑说："中国那么大，我们都走了将近一半了，也没人嫌我们年龄大，怎么到了日本就嫌我们年龄大了？"

日方又对翻译说："如果他们真想参加比赛，就象征性走三五公里，不要走完三十公里的全程，否则日方不承担任何责任。"

包三姑斩钉截铁回答："来比赛就是要走完全程，出了事情我们自己负责。"

举办方商量半天，最终让这群中国老人写了声明，才准许他们参加比赛。

比赛那天，晨曦微露，广场上早已是人的海洋，一眼望过去旗帜飘扬。一群看起来并不年轻但又朝气蓬勃的行走者，他们舞动着锦旗昂首阔步地走着。这群中国老人一出场，立刻就成了焦点，各国的记者纷纷把相机对着这支队伍。走在队伍中间的这群中国老人格外吸引眼球，许多路人都停下来拿出手机对着他们。走在最前面把旗子举得高高的包三姑知道，这时她就不仅仅只是包三姑了。记者和行人在一旁叽里呱啦地说着什么，包三姑看着他们的嘴形和表情，应该是吉利话。于是，面带笑容朝他们微笑。笑的时候包三姑使劲往嘴里吸气，这样，照片上的脸看起来能瘦点儿。

一开始，老年徒步队故意走得慢，他们有经验，开始时不能走太快，否则心跳加速，后半程的比赛很难完成。沿途跟着他们拍照的记者越跟越少，没到一半就跟不上这群老人了。最后还剩两个记者到中点站时，累得气喘吁吁，喘着粗气站到一旁喝水去了。

中点站有休息点，休息点分发矿泉水。工作人员看见这群老头儿老太满头是汗，嘴巴干裂，就跟他们用手势比画着让他们休息。看见这群老人咽咽唾沫，直直地往前走。以为他们没有听懂，就用蹩脚的中文说："休息，休息。"

包三姑对工作人员挥挥手："谢谢，矿泉水我们的不要，我们要冠军的干活，你的明白。"

老头儿老太们就笑，笑过了就来了精神，队伍开始加速。那个日本工作人员也笑，竖着两个大拇指说："了不起，了不起。"

当包三姑的队伍到达目的地的时候，全场观众都起立为他们鼓掌。记者们的相机再次对准了这群中国老头儿老太。

包三姑做梦都不会想到，自己的照片能登在国外的报纸上。平凡了一辈子的包三姑，竟在晚年迎来了生命中的华丽转身。

8. 李加海的秋天

小蒋裱画店的银杏树下有个摊子，摊子上放些坛坛罐罐。李加海走过去，一眼就看中了那尊关公像。

他拿起来仔细端详，越看越喜欢。摊主是个山西人，他说："伙计，一看你就懂行，正宗的宋代官窑，大开门的货。"

"这得多少钱？"

"这不是钱的事，讲究的是缘分，你来开个价？"

李加海说："二十行吗？"

"行呀，二十可以给你摸一下。"

山西人狡黠地笑："你要真心想要，一千块钱不还价，东西你拿走，我当交个朋友。"

又过来一人嚷嚷："这么便宜，一千卖给我吧。"

山西人说："咱山西老表做生意最讲规矩，是这伙计先来的，不能卖你。你看看我摊上其他东西，都是大开门的好东西。"

李加海急忙掏钱。

得了宝贝，李加海去了厚德堂。

李加海小时候就听李顺讲庞得利的故事。庞得利却从来不对人说他的故事，如果有闲人来求证故事的真假，他眯缝着眼坐在厚德堂的藤椅上，像是睡着了一样，不言语。庞得利眼小，睁着眼也像睡着了。来人不知道他听了没有，庞得利脸上一直是笑眯眯的，但什么话都不说。越是这样，他的故事就传得越邪乎。整天都有人拿宝贝找他"掌眼"。

庞得利的父亲解放前开过纺纱厂，据说产业很大。到了庞得利这辈，样样不行，只得吃老本。庞得利就一爱好——喜欢收集坛坛罐罐这些老物件，把纱厂换成一堆青花搁家摆着。

庞得利十几岁就去逛鬼市。解放前，海州城有鬼市，半夜三更开市，卖东西的什么人都有。有的是破落的大户人家，不想让人家知道落魄了，拿出点儿家底换俩钱打发日子。还有来路不正的，不敢正大光明地拿到市场吆喝，到这里摸黑赶紧出手走人。

一次，庞得利瞄上了一只康熙青花大花觚。摊主倚着墙，没精打采的。短脖子短腿，灰眼灰皮，软绵绵的像块烤山芋。这模样，一看就是个贼。街灯下，庞得利越看这东西个头、画片都和自己家里的那件差不离。庞得利暗喜，一对大花觚才成套。他连价都没还，拢到手里，欢天喜地地抱着。

走了几步，后面有人喊他。"这位先生，我这儿有一块小料子，和您穿的衣服是一个颜色，您不如买回去配一色手笼子。"手笼子就是两手都能插到里头保暖的筒子。庞得利一看，还真和自己的大衣一样色。于是掏钱买了。

又走几步，后面两个人聊天。一个说："这个小哥还真时髦，后背是开的。"另一个说："这是什么打扮呀？"庞得利回手摸一下自己的后背，好好的衣服后身没了。刚才买花瓶时被人剪了，

182

这贼胆太大了，又转手卖给了他。

庞得利那个气呀，赶紧回家。怎么也找不到自己那只大花觚，庞得利忽然眼前一黑。他是被贼惦记上了。

古玩这行水深，要多深有多深。庞得利把自己以前买东西打眼的事都记录在一本册页上，密密麻麻的一本。庞得利的本事也是用钱堆出来的，不打眼不交学费怎能长能耐？

李加海走进厚德堂。

"庞爷。"

李加海看见赵千山也坐在店里。

"赵老师也在？"

"我来问点儿事。"赵千山依然惦记蒋远廷的那张画。

"加海，干吗来了？"

"刚刚在外面淘了个东西，请庞爷给掌掌眼。"

庞得利问："银杏树下淘的？"

李加海边点头边将一个关公夜读的泥像摆在庞得利柜台上。

"说是宋代的关公像，我看着也觉得是件老物件，好几个人要买。"李加海像是得了多大的宝贝。

庞得利瞄了一眼，扑哧笑了。

"什么宋代？我瞧着关老爷手里捧着的不是书，倒像是个手机。"

赵千山定睛一看，果真有点儿像，也笑出声来。

"还是玩儿这些小把戏。"庞得利说，"这叫见价，找几个人架秧子，等着有人上钩。买主生怕宝贝被别人买去，赶紧扔钱走人，心里还美呢，还像占了多大便宜一样。"

"我去找他们去。"李加海急吼吼要出去。

"你去了也没用，我去。你看着就行。"

庞得利慢悠悠地踱到摊子前，赵千山也跟了过去，摊子上摊开了一张落款沈周的画。

庞得利指着那张沈周的绢本山水，瞪大眼珠说："好画，好画，绝真。"

赵千山一眼就看出那是件低劣的仿品。庞得利却把卖主忽悠得云山雾罩的，好像这东西是故宫流出来的一样。

庞得利唾沫星飞了半天把画夸得价值连城。赵千山不知道他葫芦里卖什么药。山西老客终于忍不住问："您给个价吧。"庞得利想都没想，就说：

"这画五万不能卖吧？"这价给得甭提多艺术了。乍一听是给五万，实际上又没说五万要。要命的是还给卖主留个念想。一般的绝对绕不过弯来，回话一定说："不卖。"要的就是这个效果。

山西老客摊子上有把玉刀，玉刀正中央有阴线刻出来的兽面纹。兽面双面圆睁，显得威猛狰狞。庞得利一眼就看中了这把刀，这是难得的龙山纹饰玉器，绝对是件好东西。趁着山西人蒙圈的时候，他拿起玉刀。

"这把破石头刀，五百差不多吧？"

摊主的思绪还在那张宝贝画里呢，张口就回答：

"五百收的，你加两百，给你。"

庞得利扔下七百元，拿起玉刀走人。

几个一旁为山西老客架秧子的人数落起他来。

"这破画，五万不卖，脑袋被电梯夹了吧。"

山西老客终于回过味来，拍着大腿说：

"他要回来，我三万就卖，哪个孙子不卖。"

架秧子的笑道："他要回来，我们是孙子。"

话音刚落，庞得利又没事人一样回来了。山西老客一把抓住他胳膊。

"老哥，您是明白人，我琢磨着想交你这么个朋友，这画五万你拿走吧。"

庞得利就像川剧里的变脸一样，立马把脸拉下来，"改劫道啦，疯了，这破画一百都没人要。"

摊主愣了，"你刚才不是出五万吗，还买了我一把玉刀。"

庞得利忽地一拍脑袋。

"我知道了，刚才肯定是我弟。什么都不懂，四处瞎出价。"

说完，扬长而去。

庞得利的表演堪称精湛，赵千山忍不住笑出声来。这老家伙，鬼精鬼精的。这把玉刀，庞得利是给李加海买的。他说："你的损失，这把玉刀全给你找回来了。"

李加海在朐阳门酒馆请庞得利，点了一桌子老海州风味特色菜，有虾婆饼、过寒菜豆腐、鸡毛靠子、红烧沙光鱼……

庞得利尝了一口沙光鱼，说道："十月沙光赛羊汤，这鱼做得……嗯，还凑合。"

李加海端起酒杯问："庞爷，您觉得哪家沙光鱼做得好？"

185

庞得利一杯酒下肚，慢悠悠地说："哪家做得好？我奶做得好。她老人家做的红烧沙光鱼用自家收的黄豆压榨的豆油，自家田地里种的辣椒、大蒜。在草锅边紧靠着鱼处贴一圆边锅贴，待鱼基本熟透锅膛里还有余火时，用手中锅铲反复淋了鱼汤在面贴饼上，哎哟，那个面贴饼才真叫好吃啊！烙在我身体里了。"

　　庞得利放下酒杯，问："小子，吃过小绿棱没有？"

　　李加海摇摇头。小绿棱也是海州特有的鱼。

　　庞得利说："你小子没口福。急火鱼，慢火肉，不急不慢煮豆腐。烧热的铁锅中倒入食用油加葱段炸出香味，加清水烧开，倒入新鲜小绿棱，大火旺烧至锅里的鱼沸腾，待锅里的汤汁刚变浓时加姜丝去腥，蒜片增味，辣椒干增香，少许生抽提鲜，老抽着色，最后加入最能激发出小绿棱奇鲜的烧鱼利器——大颗粒海晶盐，那味道……"

　　庞得利说完吧唧吧唧嘴。

　　"您不仅是文玩专家，还是美食家。"李加海赶紧给他斟满。

　　"别给我戴高帽，说吧，啥事？"

　　"就想让你收我做徒弟，和您学点儿能耐。"

　　"搞收藏？小子，我可告诉你，这行水可深，不懂行不要去蹚，会被淹死。收藏也就是前些年，现在可捡不了漏。"

　　庞德利问："你小子是不是钱多了，你要想在家里摆几件，待会儿去我店里挑两件，如果想搞收藏，老头儿我一泡尿要把你的火浇灭了。"

　　李加海也不是真的想玩儿收藏，他是觉得自己脑袋空，灯泡一样。自己的一脑袋糨糊，经常会闹出笑话。

李加海公司里两个女人聊天，聊自家孩子学习。一个说我们家今天上"一元一次方程"，另一个说，我们家上"一元三次方程"。李加海走过来，对那个"一元一次"说："现在上课都要交钱呀？你得去找找老师砍砍价，也来个一元三次的……"

企业家协会举办中小企业经营者培训班，李加海去听课了，半截去的，课都讲一半了。他刚进去就听台上的专家讲："你们不要搞错一个概念，法人不是人……"

李加海扑哧笑了。他问专家："咱们这帮法人都不是人，那是什么东西？"

一屋子人看着他笑。

下午上课的专家，李加海倒是认识，经常去二营巷的洪大强，他讲中国文化，他说中国传统文化是字字珠玑，言之凿凿。李加海在笔记本上记录：字字猪鸡，并打了一个大大的问号。被旁边咖啡店的王老板看到，脸都笑抽筋了。

最尴尬的是他去母校孔望山职业中学赞助二十名贫困学生。学校非要让他去演讲，演讲也不要紧，演讲稿安静写好了，照着念就行。学校为了表示慎重，一定要让他站在操场上给全校的学生讲。李加海走进操场，看着黑压压一片人头，他发现自己根本控制不了自己的腿，那腿好像不是自己的，不停地在抖，上身和手也相互联动起来，整个人像是触电一样。他哆哆嗦嗦从口袋里翻了半天才把演讲稿找到。那么多人都盯着他，他觉得自己喘不过来气，眼睛也模糊了，纸上的字变成了一个个小蝌蚪。

"亲爱的学弟学妹们,白天好。"他一张嘴就说错了。他又说:"今天我来,我很激动,学校蓬荜生辉……"

安静对他说:"多读点儿书,哪怕小说也好,推荐你去书店找本《人生》。"

他说:"我身体没毛病,用不着补,再说,人参,书店哪有?要到药房去买……"

李加海偶然看了鉴宝节目,他非常认同电视上那个专家说的,搞收藏就是把钱换个地方存起来。不管是收藏瓷器、玉器,或是书画、钱币、家具,都能增加文化。收藏本身就包含了历史的、美学的、文学的等等诸多方面知识。

他太需要知识了。

李加海想拜庞得利为师,不要看庞得利只读过几天私塾,但肚里有货,不是一肚子大米干饭。学问这东西这和女人生孩子是一个道理:肚里没有不行。

庞得利把腰上挂的一个玉质的鼻烟壶拿出来。

"这是我去年收的,看看咋样?"

"庞爷是神眼,一定好东西。"

"屁话,假的,我当真的收了,现在作假的技术太高了,弄不好就打眼。"

庞得利问:"你小子到底是哪根筋搭错了?"

"庞爷您是看着我长大的,我肚里几斤几两您一肚子数,就想增加点儿文化,台面上不难看。"

188

"哦。"庞得利盯着李加海，对面坐着的李加海面相平和，早已不是当年小混混李加海了。

庞得利说："街道在朐阳门搞了个活动中心，不少人下午在那里画画写字。赵千山是老师，海州城没有比他更厉害的了。想肚里多点儿墨水，你得去跟着你老师赵千山学。书画是咱中国国粹之首，既陶怡性情，又提升气质。"

庞得利又说："现在多少人都等着收藏赚钱，我现在只卖不收，不给子孙留麻烦。你当宝贝，他们可不一定当宝贝。收藏协会的会长老杜还在医院躺着呢，一家人就开始为他的那些藏品大打出手，三文不值两文地卖。你倒是可以去淘两件，老杜的东西都绝真。"

庞得利说完，把鼻烟壶塞到李加海手里。"小子，老头儿不白吃你饭，这个送你了。"

李加海本来要去找赵千山，却被警察带进了派出所。

路上，他看到一个老人，在一个卖菠萝的摊子前向大槐问路。

那个老人从侧面看，太像李顺了。有一年快过年了，大概是腊月二十三，李加海第一次看到菠萝，嚷着要吃。李顺给他买了一个，那是摊子上最小的菠萝。李加海狠狠地咬了菠萝一口，"哇"地哭了。菠萝"壳"坚硬无比，差点儿把牙崩掉。李顺也没吃过菠萝，但用嘴总没错。李顺坐在路边拿起菠萝一口一口咬起来，一直把那些坚硬无比的"皮"咬掉。李加海发现李顺的嘴里都是血。尽管他没少挨李顺揍，这件事也深深烙在李加海的记忆里。

"怎么的？"大槐问。

"我想问一下，去华联坐几路车？"

"怎么的？"

"我想问一下去华联坐几路车？"老人提高了分贝，声音几乎是喊出来，他以为大槐耳朵不好。

大槐神情严肃，咿咿呀呀地点着头。

李加海扑哧一笑，"大爷，去哪儿？"

老人说："我去华联，该坐几路车？"

老人自言自语："来看儿子。"紧接着又说了句，"我不该来呀……"

眼前的这位老人应该快八十了。李加海感觉寒意像两条导线一样，从脚底传递上来，迅速接通全身的钨丝。小时候，父亲把你们搂在怀里去逛街，陪你们去想要去的地方。可是等父亲老了……

李加海说："大爷，上车。"

老人看着李加海，有点儿狐疑。

老人说："师傅，打车我可打不起。"

李加海说："大爷，我顺路，不要你一分钱。"

到了华联，老人根本找不到自己要去的地方，各个小区都长得一模一样，他不清楚自己的小区叫什么府，还是什么花园。

李加海问："您有儿子的手机号码？"

"记不住。他忙，不给他找麻烦。"

李加海带着老人在四周各个小区转悠。忽然，老人指着一个修车的老头儿。

"就这儿，这老头儿是我老乡，我上周和他插呱来着。"

老人刚下车就遇到匆匆下楼的儿子。老人对李加海说："你看，儿子来找我了。"

老人的儿子看到老人就大嚷："你下午又到哪儿逛魂去了，家里水龙头都没关，都淹了。你舒坦了吧。"

老人出门的时候，家里停水，他忘记关水龙头。

老人说："我赔，多少钱我赔。"

儿子不依不饶："在老家好好的，你来作害人干吗？你怎么不去深圳小儿子家？怎么就作害我一个人？"

李加海听不下去了，上前一拳把他的一颗牙打掉了。警察来了，修车的老头儿说："该打，这个王八蛋该打。"

处理这事的警察说："我要不是警察，我可能也会去扇他耳光。但处理事情要注意方式方法。总之，打人是不对的。"

李加海又被抓起来的消息发源地还是小蒋裱画店，这新闻很快就批发到各家的餐桌上。他们流传的版本是李加海和被打男人的媳妇关系暧昧，李加海送的那个老头儿也就是那女人的爸，是李加海的"拐丈人"。丈夫和奸夫两人见面打起来，奸夫竟然把人打伤了，太嚣张了。

李加海和安静都听到了产自裱画店的这则消息，李加海哈哈一笑。安静却没有这么大度。一个月后，小蒋就收到了法院的传票。这下小蒋傻眼了，王翠云劈头盖脸地一顿骂。小蒋不敢吱声，蹲在墙角抽烟。

安静没有要他赔偿，只要求他赔礼道歉。

许三炮问小蒋："去了一趟法院，感觉咋样？"

小蒋说："我是实事求是，本来官司是不会输的，但一看那法官就和安静认识，在法庭上俩人眉来眼去的……"

李大理骂："小蒋，狗改不了吃屎，你这张臭嘴……"

李加海到朐阳门广场的社区活动中心。

赵千山正指着墙上的一幅画对旁边那个人说："画画还是要多观察，你画的这竹子，墨色什么的也不错，但竹子的竹枝绝对没有互生的，而且下面的竹枝在左面，上面一定长在右面，不可能上下长在一面上的。"活动中心旁边就有种了几棵竹子，是连云港特有的金镶玉竹。李加海仔细看了一下竹枝，果然和赵千山说的一样。

赵千山又指着另一幅画说："你这迎春花也不对，你画的这不是迎春，而是连翘。虽然都开小黄花，但连翘的花往下开，迎春花往上开，迎春花的花蕾向上，有六个花瓣，连翘的花蕾向下只有四个花瓣。迎春花叶片较小，是椭圆形，叶子对称生长；连翘叶片比较大，是椭圆状卵形，边缘有锯齿，叶片是单叶或者三叶对生；迎春花的枝条是绿色的，枝条是实枝；连翘的枝条是浅褐色，枝条中是空的……"

"加海，正准备去找你。"

李加海回头，云先至骑电瓶车过来。

"主任，有事?"

"社区准备建个小广场，叫好人广场，把咱们海州的好人好事、善行善举发掘出来，通过图片陈列在广场上。"

"社区是不是缺钱?"

"资金暂时没有问题，区财政出部分，对口单位也帮助了一些，我们是想把你的事迹展示在广场上，你把相关材料准备一下。"

"没有必要，都是举手之劳的小事情。"

"小事可不小。"赵千山听到他们谈话走出来，"加海，你公司里的那个孝文化陈列馆在全省都是绝无仅有的，孝文化研究会还增补你做了理事。去年，区政协开会时，你的尊老提案引起了广泛关注……"

"老师，老师，没有您和云主任，没有二营巷，哪有我李加海?"

李加海递给赵千山一幅画，"老师，正式拜师学画，按规矩，这是拜师礼。"

赵千山打开画，"哎呀"了一声，脸上是喜悦和激动交织在一起产生的一种化学反应。在夕阳映衬下，脸色显得更红润。那幅画正是蒋远廷赠给他的那幅墨梅，李加海从老杜儿子那里买下了。

193

云主任的冬天

冬日，海州城变得单调。如果其他季节是生动的国画，那冬天的海州就变成了单调的版画。下雪了，云先至站在胸阳门的广场上，古城墙就在他身边，墙上的瓦片冒着凉气，银杏树疏朗的一枝直指天空。枝头枯寂，一片叶子也没有，落尽叶子的树枝，枝丫铮然地直指天空。在黑白世界里人仿佛变成了一个个精灵，远山全白了，仿佛镶了一道银边。锦屏山已经被一层薄薄的雪包裹起来，像是套上一层白纱。山上的树都光秃秃的，偶尔一两只寒鸟飞过树梢，发出一两声孤鸣。也许树本身也不满意自己的这副尊容，可到了这季节、这份上就该是这模样吧。小山峰一座连着一座，没有了青黛色，都披着雪呢，但也气势咄人，显出一种骨气来。云先至觉得神清气爽，他感叹："海州城冬日之美，竟夺走了其他季节。"

胸阳门，几个老干部模样的人正拍雪景，手里的相机都是专业的。其中一位来了诗性，即兴口占："雪里蜡梅香，激情任飞扬。手中数码机，拍片呱呱响。"

"好诗好诗。"周围人附和着。

另一位也来了诗情："一生走尽艰辛路，退休无忧等闲过。偶尔走出居民户，带个老嫚散散步。"

云先至笑了，嘀咕一句："鬼嚼蛆。"

进入冬季，二营巷开始准备腌冬菜。云先至在路上看见王翠云已经忙开了，在门口腌雪里蕻。她系上蓝布围裙，将晾晒缩水后的雪菜洗净，挤干水，然后切碎。切刀亮晃晃的，她利落又轻松地把雪菜切成了均匀的小细段。云先至知道等一筐又一筐雪菜都切好后，最后的环节便是腌雪菜。把切好的雪菜一层又一层放进大坛子里，加上合适的调料，便将大坛子置于阴凉通风处。等上一段时间，雪菜完全入了味，盛出一点儿来，喝一口粥，夹上一根，嘴巴里就有滋味了。

云先至提前一小时到社区。"好人广场"的路已经整出来了，他要把广场上陈列的好人图片和事迹整理一下，下午要到办事处去汇报。

老葛正和警察在说话。老葛打了110。他的舞伴李大姐已经两天没去广场跳舞了，老葛打她电话，一直是嘟嘟的声音，手机也一直关机。老葛越想越觉得害怕。

警察拨打李大姐家的电话，还是嘟嘟声。老葛建议警察赶紧请开锁的来开门，否则后果不堪设想。老葛对警察说："社区现在是网格化管理，我作为这一片片长，担子不轻，大事小情都要操心，就怕出个什么事情，对不起组织。"

李大姐平时就一个人，是社区小伏帮助人群。云先至打电话给小伏。

小伏说："李姨出国旅游了，一个星期才能回来。"

一场虚惊。警察上了警车，摇下车窗对老葛说："老先生虽然是误报警，但还是值得表扬，我们这趟警出得也值得。"

大高的女儿高小红站在社区门口，乔二推着坐在轮椅上的大高在公园里。

高小红鸣咽着对云先至说："我爸才五十多，就得了帕金森。刚开始的时候，我发现他手抖，好忘事，盐和味精也分不清楚，以为都是小毛病……"

云先至说："小红，你孩子多大了?"

高小红回答："两岁了。"

"以后，就把你爸当成两岁的孩子好吧?"

高小红抹着泪答应着。

"有什么困难就来找我，你爸一辈子是厚道人……"

云先至知道自己的工作不可能有惊心动魄，也难见鲜花和掌声，但居民的事对他来说都是大事。云先至万万没想到的是，自己竟摊上了一场官司。

官司的起因是陈老太留下的那几间房。老太太把房留给了包三姑，他和赵千山是见证人。老太太头七过后，云先至把遗嘱和房本交给包三姑，让她过户。包三姑坚决不要。第二天，包三姑来找云先至，把这几间房用作社区活动中心。

陈老太太没有子女，但有个表妹在内蒙古。这位表妹多少年也没来看过她，老太太在世时也没和人说起过。这位表妹不知道从哪里知道陈老太去世的消息，带着两个闺女一个儿子匆匆从内蒙古赶来。陈老太已经去世好几年了。

他们没有去老人的墓地，直接来社区要求作为陈老太的家属处置那几间房。云先至拿出陈老太太的遗嘱，那个五十多岁的女儿身手异常敏捷，一个箭步上去，抢过遗嘱，看都没看，以迅雷不及掩耳之势将遗嘱卷成团塞进嘴里，三口两口就咽下去了。在场的人一时没反应过来，愣在那里。

社区民警赶过来，这几人拉住警察的手："警察同志可得为我们做主，社区霸占我们的房哩，赶紧把这个小官巨贪抓走，为民除害。"刚刚欣赏过他们表演的人开始七嘴八舌说着当时的情况，都做证这几个人吞了遗嘱，嚷着把这几个人拘起来。

那个女人说："你们有谁能证明那纸上写的是遗嘱，遗嘱在我们这里。"人家显然是有备而来，从包里拿出了一份遗嘱，上面有陈老太太的签名和手印，落款是1980年3月。

这事情属于民事纠纷，不是治安案件，不属于警察的职责范畴。虽然有一屋子人证，社区办公室又没有监控。社区民警只能让他们去法院。

最先看到网上新闻的是李加海的媳妇安静。各大门户网站铺天盖地地刊登了：街道小主任，侵占孤老房。半小时之内就有几万条网友的评论，都是义愤填膺地唾骂云先至，要枪毙这样的小官巨贪。那架势，云先至就是当今的黄世仁，就是南霸天。

云先至接到李加海的电话，吃了一惊。网站上的内容还没有浏览完，办事处让他赶紧过去。网站上刊登的云先至的那张脸扭曲变形，他长着血盆大口，眼珠像是要蹦出来，不用化妆就可以扮演劫道或者行凶的歹人。

还有一个月就要过年了，街上已经有了春节前的蛛丝马迹。古城街边的树开始披挂彩灯，街上路灯的灯柱上也开始悬挂大红灯笼和中国结，看着就喜庆。云先至去办事处的路上天空飘起了雪花。他昨晚听天气预报说今日有雪，早晨是红花大太阳，他认为天气预报不准。中午时候飘起了雪花，雪花开始很袖珍，但下得越来越密，越来越急。云先至撑开伞。那雪不是很守规矩地落下来，它们很巧妙地避开伞，都齐刷刷斜落在云先至的身上。温度还不算低，雪落在身上，很快就变成了水。

　　到了办事处的传达室门口，云先至抖抖伞，伞上的雪花立刻变成一片片水珠，他发现自己裤子、鞋子、袜子已经湿透了。

　　"主任。"赵千山和包三姑从传达室里出来。

　　"你们怎么来了？"

　　"我们是当事人，一起来办事处把事情来龙去脉说清楚。"

　　云先至望着他俩，俩人的眼睛里放出柔和而具有渗透力的光亮。云先至从他们的眼神里看见了温暖的阳光，温暖的阳光一下子射进他的心里。

　　事情的经过并不复杂，但对方手里有陈老太的遗嘱，而社区主要的证据就是人证。从证据的有效性上证明力不足。

　　包三姑一拍大腿："是我的错，要是我先办了产权证，然后再赠给社区当活动中心，就没有这些啰唆事了。"

　　书记说："后悔的事情先放一放，关键看看如何解决这事。"

　　赵千山说："是不是可以以损害名誉起诉他们和各个网站？"

　　书记说："这是可以的，但目前房产的纠纷如何解决？我分析这事，咱们也不会就这么输了，法律除了证据之外也要体现公平正义。我们有那么多人证，包三姑你还要把这些年怎么照顾老人的形成文字材料，办事处负责帮你们找个高水平的律师。"

书记把他们送到楼梯口的时候，又握住云先至的手："老云，你在社区的口碑非常好，居民相信你，服你，提到你都竖大拇指，在二营巷你们社区代表的是党和政府的形象。社区工作就像穿针一样，做事情没有百分之九十九，只有百分之百，工作要细致，再细致。"

离过年还有半个月，秦东门大街上的人比平常多了一倍，在外上学工作的都像候鸟一样，匆匆往家赶。古城已经笼罩在浓浓的过节气氛中。满街的灯笼红红火火看着就喜庆，钟鼓楼的巨幅对联"天回淑气，地布条风，万花簇起云台日；鼓奏升平，钟鸣和乐，一记敲醒海国春"已经悬挂起来。

作为房产官司的被告，云先至的案子今日开庭。云先至看着旁听席上熟悉的面孔：乔二、大高、小蒋夫妻……心生温暖。

陈老太的表妹是一位出色的群众演员，在法庭上成功地扮演了一位饱受欺凌遭受了不公正待遇的弱者形象。看了她的表演，要不是坐在被告席，连云先至自己都想冲过去为她伸张正义。

赵千山没去法院，他一个人在社区文化中心，呆呆地望着那面镜子。那镜子应该是五十年代的，镜子上贴个囍字。赵千山从镜子里看到了自己。忽然，镜子里出现了陈老太。他猛地打了个寒战。陈老太临终前，手一直在指着这面镜子。镜子里有什么呢？赵千山用手不停地摸着镜子。

双方的律师几番唇枪舌剑。作为证人之一的赵千山匆匆赶来，怀里还抱着那面镜子。赵千山说："我向法庭提供新的证据。陈老太的遗物都放在杂物间，社区文化中心里还保留着她老人家结婚时的镜子，这镜子的木框上有一道道深深浅浅的划痕。我一直奇怪是哪个淘气的小孩划的？今天早上，我拿下这面镜子准备放到杂物间……"

　　说到这里，赵千山用手指了指原告，"如果官司输了，社区的活动中心就要把房子腾出来。我只想问问原告，老太太住院的时候，你们在哪里？老太太弥留的时候，你们又在哪里？"

　　赵千山忽然激动起来，"你们知道这一道道划痕是什么意思吗？"

　　赵千山高举那面镜子，声音洪亮，像一把剑刺过："这是与老太太没有任何血缘关系的街坊包三姑每次带老人看病或者洗澡，老人就在镜子上划一道。镜子后面的夹缝里，我发现了几张从作业本上撕下的纸。"

　　赵千山向法庭递交了一张已经泛黄的纸。吞纸团的那个妇女瞪着眼珠子大喊："我们有遗嘱。"

　　那张发黄的纸上，除了感谢社区和包三姑，将房子赠给包三姑的内容，陈老太太还记录了她的这位表妹因为子女多，孩子们总是吃不饱，要把大闺女过继给陈老太。陈老太满心欢喜，写下了这份遗嘱交给她的表妹。等表妹走的时候，那孩子哇哇哭，从朐阳门开始，一直跟着公共汽车追到幸福桥。表妹忍不住下车也哭，陈老太也哭。最后陈老太给了表妹她大部分的积蓄，让她把孩子带回去。从此，陈老太就再也没见过表妹。

旁听席有人喊："他们诽谤云主任，追究他们的法律责任，法官你要重判他们。"

法官喊："保持安静。"

办事处请的律师站起来说："原告通过网络诽谤被告，我们也将采取法律途径追究对方的责任。"

原告表情尴尬，木桩一样坐在那里，一句话没有。

因为出现了新的证据，法官宣布休庭。

云先至在窗口看到老太太被大闺女搀着，蹒跚地一步步走下法院的台阶，走出了法院的大门。须臾，背影就消失在秦东门大街茫茫人流中。

法官通知云先至："对方撤诉了。"

一群人喜气洋洋地出了社区。赵千山提议，马上春节，每家出俩菜，聚在社区热热闹闹地搞个"百家宴"。云先至手机响了，让他去办事处开紧急会议。

会上，书记传达上级文件。

新型冠状病毒来势汹汹，四处蔓延。武汉封城，全国的医护人员正往湖北集结。按照上级要求：后方要筑起一道道人肉防火墙。社区防控是居民安全保障的第一道防线，必须守好社区大门。

书记说："从现在开始，每一位社区干部必须舍弃春节与家人团圆，坚守在抗疫一线，在疫情面前绝不退缩，为了社区全体居民的健康平安，不怕苦，不怕累，为居民守住安全健康的最后一道防线，拜托各位了。"

这是一个不同寻常的春节，整个海州城像沉睡在梦中一样。所有的店铺都关张。本该是人头攒动的街道，却像凌晨一般，空空荡荡。这些天，云先至一直处于高度紧张中，尽管二营巷没有发现一例疑似病例，但非常时期，任何懈怠都可能造成无法挽回的后果。

今早，小蒋告诉他，乔二昨晚一直咳嗽，隔多远都能听到他歇斯底里的咳嗽声。小蒋说，乔二是野马性子，就喜欢到处乱逛，怕是被感染了……

云先至赶紧联系卫生院的医生一起去乔二家。

乔二见到他就嚷嚷："云主任，昨晚警察就来了，非要让我登记，登记什么？也不是结婚，还登记。害得我一夜都没睡好。我是昨晚做辣椒酱呛着了，不是感冒。也不知是哪个鬼嚼蛆说我是'毒王'。"

云先至说："你就惦记着媳妇，等疫情结束了，我给你介绍。非常时期，小心一点儿总没坏处，对你、对大家都负责。"

医生测了他的体温，36.8。云先至放心了。

云先至对乔二说："口罩戴好，勤洗手，不要串门，今天到处串门，明天肺炎上门。"

乔二说："我的云大主任，社区发给我的一封信我都快会背了，咱虽然不是党员，但也是有一定觉悟的，坚决响应国家号召，不给国家添乱。"

云先至来到疫情防控卡口。二营巷的巷子多，防控工作难度大，不是主干道的巷子都用工程围挡挡了起来，主要路口轮流安排人执勤。二营巷的居民都来当志愿者，不仅在卡口值班，还帮忙消毒，清扫卫生。

赵千山正和夜班的李加海交接，老葛在一旁消毒。防控工作开启后，他们一起报名参加执勤。小窦在分发口罩，到处都买不到口罩，前年，小窦晚上去一家药店打工，药店倒了，老板给了他几箱口罩抵工资，没想到这回派上大用场了。云先至说："今天是初十，虽然过了拜年、回娘家的日子，千万不能放松警惕。"

赵千山说："放心吧，我们就是铜墙铁壁。"

冬日的清晨，寒风刺骨。此时，大多的人们都还沉浸在梦乡之中。风刮在三个执勤人的脸上，从脸上钻进脖子里，又钻进心里。

李加海说："云主任，你头发全白了。"

云先至摸摸两鬓，白驹过隙，一晃他来社区都二十二年了。社区工作就像是触摸屏上的一个引擎，轻轻一点，一个又一个界面随之打开。这个舞台空间虽然不大，但这个舞台却周而复始地上演四季故事……

❖ | 还是开头

1. 洪大强的研究

洪大强的办公桌上垫着块玻璃。玻璃里除了课表，还有一张照片，照片上是一个英姿飒爽的军人站在府邸的台阶前。上面还有毛笔写的几行漂亮的行书。那行书写得很娟秀，不像出自军人之手。

庆煜仁弟：

左右前寄之信已得达，顷又从子琳弟处转到生日祝词。四十余年之隔数千万里之远，回环旧事如在目前，受之有愧，深感故人之不我忘。

专此布谢，余惟珍重。并颂时祺。

孙立人

同事们一直以为这是洪大强爷爷的照片。有一段时间还有洪

207

大强是将门之后，马上要当院长的谣言。但，有明眼人一下发现了问题。照片上的军人穿的是国军服装，而且姓孙，不姓洪。就又都说洪大强是个二百五，供着个不相干人的照片给自己充门面。

这张照片里的人叫孙立人，海州税警团团长。海州是淮盐的产地。猴嘴、徐圩、陈家港都是百里的盐摊。一眼望去，白花花的如雪一般的盐就在太阳底下自由地呼吸，明晃晃的，照得人眩晕。税警是当时活跃在淮北地区的特种警察部队。税警是国民政府在产盐区保护盐税，进行缉私建立的武装警察部队。说是警察，却穿着陆军的制服，授陆军军衔，而且装备精良，待遇远远高于陆军其他部队。

税警的前身是淮北缉私营，这群乌合之众专欺负老百姓。国民政府行政院副院长兼财政部长宋子文曾视察盐区。一辆美国造的敞篷车从宋子文的车队前绝尘而去，那车气派得很。宋子文问："车主是谁?"陪同的人小心翼翼地答："是缉私营营长徐旺。"宋子文"哼"了一声，黑着脸不说话。

中午，当地的官员乡绅为宋子文接风，听说宋子文喜欢京剧，专门请来几个名角在酒楼清唱《玉堂春》中的一场。宋子文下楼的时候，看见徐旺拦着戏班，说他们夹带违禁物品，要搜身。他把那个演苏三的旦角拉过来一顿乱摸。宋子文走过去抬手给了徐旺一耳光。徐旺也抬手给他一耳光，宋子文的脸上顿时出现五个鲜红的手印。宋子文的副官一枪毙了徐旺。

回到南京，宋子文查看盐税收入，漏洞百出。顿时火冒三丈，当即决定取消各地缉私营，在国民政府财政部成立缉私处。

聘请美国西点军校毕业的温应星任处长，负责重新组建训练各地税警队伍。经过一年多的训练，组建了一支装备精良的税警团。税警部队分为两种，固定防区的是财政部在各省、区的税警区；机动使用的是直属税警总团及其所属各团、营、队。

温应星推荐了他的校友孙立人担任税警团团长。孙立人1923年毕业于清华大学土木工程系，同年赴美留学，考入弗吉尼亚军事学院，攻读军事。税警总团下设八个营，三千多陆军改为税警。

海州的二营巷就是当年税警二营营房所在地。

孙立人对二营非常满意。二营的营房构造十分特别，最外面的防御工事是两丈以外的阔沟，上面用吊桥通连。里面先是土筑的胸垒。在土垒的某一角上矗立着一座石筑的碉堡。各寝室，士兵内务整洁，器械犀利，步枪是1934年从德国进口的，分量轻，射程远。二营也称"德械营"。

海州的匪首白宝山，当过北洋军阀的师长，手下有万把人。只要驻扎在海州城的部队，时间不长都被他赶跑了。白宝山自称"海州王"，对小小的税警团根本不放在眼里。以前税警团徐旺那帮乌合之众在他每年寿辰的时候，都要来山上磕头，才能在海州城混口饭吃。徐旺喊白宝山"干爹"。白宝山却不大用正眼看这个干儿子。别看徐旺穿着税警制服，人模狗样的，干得却是和白宝山一样的勾当，甚至还不如白宝山仗义。白宝山收了乡绅的礼，手下的喽啰就不再去骚扰。但徐旺不，收了盐商的礼，还隔三岔五地去找碴。白宝山打心眼里看不上徐旺，是个不入流的玩意儿。听到徐旺被打死，白宝山哼哼了两声，什么话都没说。

又一年，白宝山过生日，海州城的一些乡绅都备了礼，比过去寒碜多了。自从孙立人到了海州，白宝山就感觉海州城已经不是他白宝山的了。白宝山心里气，你姓孙的就算是强龙，也要懂点儿礼数。税警团竟然没派人到山上来，一点儿没把白宝山这个"海州王"放在眼里。白宝山开始不断袭击税警团，税警团虽然人数没有土匪多，但武器却是最先进的。袭击了两年，被税警团的大炮轰了几次，锦屏山的土匪还剩四千多人。白宝山知道这次的税警团不是乌合之众，比正规军还正规军。白宝山又打听到孙立人是美国军校毕业的，从此躲在锦屏山上再也不敢下山了。孙立人联合附近军队，又招募熟悉地形的兵勇，把白宝山的据点全部攻下，白宝山逃走，不知流落何方，再也没回过海州城。

1937年，孙立人率领税警团参加淞沪会战。在苏州河战斗中，孙立人率领二营敢死队抢占桥头。孙立人命人抬出一筐袁大头对二营的官兵说："弟兄们，这是我孙某人全部家当，现在分给大家，咱们和小鬼子拼了。"二营的官兵说："咱们连命都不要了，要钱干什么？"苏州河这仗打得惨烈，一个营的官兵就剩了一个排，孙立人带着一个排冲上桥头，和鬼子血拼，肠子被小鬼子的刺刀挑出来了，他往肚子里一塞，继续堵在桥头。后来孙立人被宋子文用专机送往香港抢救。太平洋战争爆发后，孙立人的税警团被改编为三十八师，入缅甸参战，为世界反法西斯战争立下赫赫战功。孙立人将军是十大抗日名将之一，是国民党军级单位将领中歼灭日军最多的将领之一，有"丛林之狐""东方隆美尔"的美称。

不起眼的二营巷竟然还有这样一段惊心动魄的历史。一本书、一张照片让洪大强重新走进二营巷过往的岁月。

2. 洪 大 强

洪大强走在老街上。一踏进老街，洪大强的记忆又鲜活起来。"生庆公""三和兴""老嫚店"，老街承载着洪大强童年的记忆。大华商店已经改造成老街历史的纪念馆，洪大强现在也快到了当年祖母的年纪。看着老街上一群疯跑的小学生，他忽然就想到了自己的童年，仿佛就像他昨天在老街上疯跑一样。想想时间这玩意儿确实是可怕而且无情的。昨天在老街上走过，从童年走进了老年，脚印在老街上走过就没了，老街上的风景也成了记忆。

老街是洪大强经常来的地方，这条老街不仅承载他的记忆，也让他自豪。他修复并发展民主路老街的建议，得到了广泛的关注。老街不仅被保护起来，而且经过大规模修葺，如凤凰涅槃一般。

洪大强这些年的脚步丈量了海州城大大小小的巷子，作为政协委员，他的提案大多都是保护和修复古城老巷，并将这些老巷子修复打造成怀旧风情的旅游文化中心。

以前不只是包三姑，就是洪大强的老婆都认为洪大强是闲的，搞这些毫无意义的事情。洪大强是个执着的人，这些年就这样沉浸在老海州的老街老巷子中。

211

"老海州记忆"——百年老海州影像展正在古城镇远楼展出。这些老照片的收藏人是洪大强,海滨大学主教西方文学史和中国现当代文学的老师,同时也是政协委员和地方文化研究专家。

赵千山作为嘉宾被邀请参加开幕式,赵千山对这个展览非常感兴趣。越是有兴趣,越不能在开幕式去欣赏。赵千山每年要参加若干画展、书法展、摄影展……赵千山有经验:开幕式当天都是人头攒动,嘉宾云集。开幕式一结束,马上变成闭幕式。

赵千山是黄昏时去看展览,展厅里稀稀拉拉地站着几个人。赵千山的目光久久停留在几张老照片上。那是洪大强拍摄的关于二营巷的一组照片。

包三姑在镇远楼松树下卖包子,刚出锅雪白的包子正冒着热气。看着照片,赵千山心里感到温暖,带着市井生活的温暖。忽然赵千山又笑了起来。他发现照片上包三姑的脸和她手里拿的包子是一样的轮廓。这包子是海英菜馅,还是过寒菜馅?要是包三姑看到自己的脸被拍得这么大,会不会气冲斗牛?

有一张照片,画面是阳光从缝隙里透过,将一片片金黄洒在二营巷巷口的一个袖珍商店。货架上胡乱摆着脚气神油、电灯泡和搓澡巾,旁边的货架上摆着一盆雪里蕻和两个大倭瓜、十几包榨菜味精。赵千山猜测这张照片拍摄的时间,是八十年代末,还是九十年代初?

还有一张是二营巷的一截土墙,已经坍塌了部分,但一棵落光了叶子的树还顽强地在土墙上扎根。一位老人坐在土墙边,闭着双眼晒太阳。他的那根拐杖上已经起了包浆，或许和老人一样有故事。

几代人在巷子里生活，从牙牙学语到两鬓斑白，小巷见证了他们的历史。每个普通人的历史，即便如沙砾一样不起眼的人生，小巷也见证了他们的喜怒哀乐，他们平淡如水生活的每一次涟漪。照片里还有一个模糊的配角，一个骑自行车的青年。赵千山一眼就认出，那是上学时的李加海。

花开花落，月圆月缺，四季更迭。几十年光阴很长，但也好像就是一眨眼的工夫。

"老赵。"

赵千山把目光从照片上移开，洪大强喊他。他手扶着光滑的城墙，城墙的缝隙里满是绿色的苔藓。

"我一琢磨，你这家伙下午能来，果然被我猜中了。"赵千山算一下，两人一晃也认识三十多年了。

洪大强递给赵千山一本书。展览的同时，洪大强的新书《海州影像》也一并发行。这本书里是洪大强收集的老海州过去的几百张照片，每张照片下面都配有一段精美的文字。

赵千山感叹："你老兄是一根筋，一个大学教授，不图名，不图利，风风雨雨走街串巷，到处呼吁保护老街，保护老巷。这些年不容易，不简单。"

能执着去干一件事的人往往能成功，就像自己画画，一直在行走的包三姑，还有他的学生李加海都验证了这个道理。但大部分人往往到了中途迷路了，或者是原路撤退了。

213

"很多老巷子都拆迁了，都变成了记忆。你老洪干的事情功德无量。"赵千山说。

洪大强说："历史和文化都需要记录和传承，我就是用影像和文字记录历史，和你老赵用画笔记录历史一样，可惜我不会画画。"

"你可不要抢行，向你洪教授这样执着，如果画画，咱们这些假教授都要饿死了。"赵千山笑着说。

"昨天，我又去二营巷，看到了二营巷正在建创客街，古色古香，挺好的。"洪大强说。

"老巷子也必须有新的价值才能焕发新的生命力。"洪大强又说。

赵千山从包里拿出了一张宣纸，上面画着几条沙光鱼。沙光鱼虽然味道鲜美，模样却难看。但，赵千山笔下的沙光鱼却显得俏皮可爱。

赵千山说："现在二营巷创客中心专门成立沙光鱼研究会，把老海州的一些特产美味通过各种渠道推广到全国。"

洪大强说："我下一个提案就是像二营巷这样的老巷子如何在新时代焕发出新的生命力的问题，二营巷有很好的研究价值。"

洪大强说："有的地方去过了还想去，就像有种魔力在吸引你，比如二营巷。"

赵千山没说话，他站在镇远楼往西望。他看见天边的晚霞似火，如水的霞光流泻在二营巷的上空。夜幕来临，万家灯火闪烁，与天上的星辰相映生辉……

图书在版编目（CIP）数据

二营巷／卜伟著. — 北京：中国文史出版社，
2021.1

（跨度小说文库）

ISBN 978 - 7 - 5205 - 2138 - 3

Ⅰ . ①二… Ⅱ . ①卜… Ⅲ . ①长篇小说 - 中国 - 当代
Ⅳ . ①I247.5

中国版本图书馆 CIP 数据核字（2020）第 141591 号

责任编辑：卢祥秋
选题策划：罗　幸

出版发行：**中国文史出版社**
社　　　址：北京市海淀区西八里庄路 69 号院　　邮编：100142
电　　　话：010 - 81136606　81136602　81136603（发行部）
传　　　真：010 - 81136655
印　　　装：北京新华印刷有限公司
经　　　销：全国新华书店
开　　　本：720 × 1020　1/16
印　　　张：14　　　　　字数：137 千字
版　　　次：2021 年 1 月第 1 版
印　　　次：2021 年 1 月第 1 次印刷
定　　　价：52.00 元